文化叢刊

# 再論高行健

劉再復

# 自序

## ——高行健，當代世界文藝復興的堅實例證

二十多年前，我就說，行健不僅是個作家，而且是個大作家。那時就有人表示懷疑；之後，我又說，行健不僅是個文學家，而且是個思想家，此時也有人懷疑。但我卻愈來愈堅定自己對高行健的認識。去年，在香港科技大學歡迎高行健的對話會上（他和我對話），我再次鄭重地說：我欽佩高行健並非他獲得諾貝爾文學獎和其他數不清的榮譽和獎項，而且因為他很有思想。他的作品不僅使我感動、震動，而且從根本上啟迪了我。我結識過許多作家，他們的作品也曾打動我，但沒有一個像高行健如此給我啟迪。這啟迪。甚至改變了我的某些文學理念和思維形式。

因為受到啟迪，所以就不斷寫些講述高行健的文章。到了二〇〇四年竟收集成一部長達三百六十多頁的《高行健論》，由台灣聯經出版公司出版（責任編輯顏艾琳）。此書的出

版，我以為是對高行健認識的一個小結。沒想到，出書之後，一面是高行健繼續前行，並在理論、繪畫、電影、詩歌諸領域不斷創造，成果纍纍；一面則是我對他的認識也隨之加深，在跟蹤閱讀與思索時，繼續受到他的啟迪，而且比以往的啟迪更深邃、更深切。於是，我又繼續書寫高行健，從二〇〇四年至今的十二年中，我竟然又在法、德、韓諸國以及台灣、香港作了七、八次演講，寫了二十多篇文章，所以今天才能編匯成另一部集子，也很自然地命名為《再論高行健》。我所以抑制不住說話和作文，又是因為高行健啟發我、激發我，使我不得不寫，不能不說。而且每次都覺得有些「新話」要講，就以此次我編好《再論》之後而言，就很自然地想說說我編輯的理由和我為什麼總是敬佩高行健的理由。也許以往寫過的數十萬字的文章已說明了許多理由，但今天我又想對讀者說：高行健有許多獨特的人文發現，也可以說是思想發現，這些發現，是此時讓我心靈燃燒的直接原因。

五月間，我讀了法國哲學家讓—皮埃爾·札哈戴撰寫的〈高行健與哲學〉一文（中譯載於二〇一五年五月號《明報月刊》附冊《明月》上，譯者蘇珊）。札哈戴先生寫過五卷本的《世界哲學史》，是法國著名的哲學史家兼藝術史家。我讀了他這篇論文，由於深深共鳴而激動得徹夜難眠。第二天早晨，我給正在科技大學人文學部攻讀博士學位的學生潘淑陽寫了「微信」，說我昨天晚上失眠了，因為一位法國哲學家把我對高行健的一個重要認識，道破了。他說：高行健不自認哲學家，也不願意當哲學家，卻不斷作哲學思考，他的作品具有不可排除的哲學層次。對高而言，不管是作為小說家或電影藝術家（且不說畫家），高都表明：哲學就在他的作品中，難分難解，有時甚至難以覺察，但總也在場。札哈戴說的真好，他作為哲學家，感到高行健的作品蘊含著哲學（哲學在場），但又不是哲學。也就是說，高行健的作品是真正的文學品、藝術品，它充分審美，充分藝術，但明明又有哲學在場，也就是除了「充分審美」之外，又「充分哲學」。這些話我早就想講，結果還是被札哈戴率先道破了。不過，還是可以作點補充。我要說明：高行健這種非哲學又很哲學的創作現象，就因為作品中浸透著「思想」，甚至是「大思想」。這些思想是他對世界、社會、人生、審美、藝術獨到的認知。這些認知飽含著哲學意蘊，卻不是哲學形態。我還要進一步說，高行健的一切富有哲學意蘊的思想，乃是文學家藝術家的思想形式——化入文學藝術中的思想（不是哲學家的思想形式）。這在世界文學藝術史上已有許多偉大的先例，例如荷馬，例如但丁，例如莎士比亞，例如托爾斯泰與杜思妥也夫斯基。他們都沒有柏拉圖與康德那種訴諸邏輯的哲學，但它是另一種有血有肉、有人的蒸氣的哲學。高行健文學藝術作品中的哲學，我寧可稱它為思想，就像但丁、莎士比亞、托爾斯泰作品中的思想。同樣都在思索人的存在，但柏拉圖與康德等哲學家們面對的存在是人的抽象存在，而但丁、莎士比亞們面對的則是人的具體存在。

我特別喜愛高行健，除了他擁有訴諸於具體人的思想之外，還有一種他人未必感受得到的「大思想」，這就是他的人文發現。在我的「高行健閱讀」史上，至少他有四次「人文發現」深深地啟迪了我。

第一，發現中國作家的「現代蒙昧」，即被「主義」（政治意識形態）所綁架、所主宰的蒙昧。二十世紀的政治意識形態覆蓋一切，也覆蓋文學藝術。高行健發現這種意識來自三個方向：來自左方的「泛馬克思主義」與來自右方的「極端自由主義」，還有來自遠方（古典）的「老人道主義」。高行健的《沒有主義》一書，可以說是他告別二十世紀主流意識形態的一個宣言。這部著作，放在我主編的《文學中國》叢書中。推出之前，我因為職責關係首先作了閱讀。那個時刻，我感到異常興奮：終於有一個人從根本上對包圍著文學的魔咒發出一聲「不」了！這是天下第一聲。當時我就覺得，這是當代文學「解放」的開始。高行健在告別一個各種主義氾濫的時代。「沒有主義」不僅是空谷足音，而且令人振聾發瞶。也是在這個時候，我更覺得高行健不僅是一個文學家藝術家，而且是個思想家，至少可以說，他已達到一個思想家的高度與深度。《沒有主義》這部理論文集，產生於九〇年代初期，在他的長篇小說《靈山》剛完成之後。很明顯，「沒有主義」正是他的思想和創作的出發點。

至今，我還記得自己在閱讀《沒有主義》之後，給出版這套叢書的香港天地圖書公司的負責人劉文良先生寫了一封信，說「此書非同一般。它不一定很有銷路，但它的思路是劃時代的，以往我們的作家詩人總是要建立一種體系或一種框架，把文學納入其中。此書卻一反常規，不要這些體系與框架，不要這些『主義』，另闢一條非常明晰的大思路。」我還鄭重地跟劉文良說，此書「沒有主義」，但不是沒有思想。相反，這本書提出許多新思路、新思想，說出許多新話。這些新話，又不是空話。它的歷史針對性極強。針對的是二十世紀意識形態的謎團，質疑的是「改造世界」、「重建社會」、「重塑人性」的烏托邦，它的態度異常鮮明，它的思想非常徹底。劉文良聽我評介後就說「那就發稿吧，我們可以說它是一家之言。」我立即糾正說，「雖是一家之言，但它肯定是百家未言，千家首言」。

高行健的「沒有主義」，是他到海外後的第一人文發現，也是給我的第一個思想啟迪。而他的第二個「人文發現」則是發現「自我的地獄乃是最難衝破的地獄」。他出國不久，創作了《逃亡》這一劇本，呈現的正是這一主題。發表後，左方說他是「反政府」，右方說他是「抹黑民運」，雙方把它視為政治戲。其實，這是一部哲學戲，戲中的思想非常突出。他把沙特的「他人是地獄」翻轉為自我又何嘗不是地獄。筆下之意是：倘若人在關注這大千世界時，不能也關注身在其中的那混沌的自我。這也正是現時代人的病痛。他這種內心的觀審可說是慧能的「去我執」的延續，這種冷觀在他的劇作《生死界》和《夜遊神》中都得到淋漓盡致的現代表述。

高行健為什麼總是抓住尼采不放，屢次批判尼采。因為尼采哲學，不僅不能提醒人們去警惕「自我地獄」，而且造成二十世紀無數浪漫的自我與膨脹的自我。這些小尼采不僅自己陷入「超人」的地獄，也把許多人引向妄言妄行的地獄。從戲劇史的意義上說，高行健在奧尼爾的「人與上帝」、「人與自然」、「人與社會」、「人與他者」之後又開闢了「人與自我」的第五維度；但從思想的意義上說，高行健在沙特的「他人是自我的地獄」之後發現了一個更為深刻的命題：自我乃是自我的地獄。這是一個敦促人類所有個體進行自我反省的卓越人文命題。高行健在《靈山》中設置「我、你、他」內在主體三坐標，那個他，是第三隻眼睛，用以關照、審視「你」和「我」，這是寫作「冷文學」的一種藝術發明。他常說，有這隻眼睛進行自我審視，才有冷靜。他的所有作品，都用這一所謂的第三隻眼睛，即冷靜而清明的慧眼，關注人世的眾生相，同時又觀審混沌的自我，從而放下以文學救世的說教，也嘲弄尼采的超人和救世主這樣的現代神話。意識與覺悟正是來自這種觀審，這也正是高行健認識論的前提。

在告別主義、告別浪漫自我之後，高行健完成了第三個人文發現。這就是「脆弱人」的發現。高行健在獲得諾貝爾文學獎之前，曾榮獲法國的騎士勳章和「文藝復興」勳章。我也一直把自己的這位摯友視為「文藝復興」式的人物，即多才多藝、人性全面發展的奇蹟般的人物。但高行健自己卻明確地說，我雖然向「文藝復興」的精神靠近，但與文藝復興時代那種老人道主義與老人文理念完全不同。文藝復興運動的先驅者們，其「人」的理念是大寫的人，卓越的人，「天地之精華、萬物之靈長」的人；而高行健的「人」，則是小寫的人，脆弱的人，具有種種人性弱點的人，也可以說是平常人，普通人，既禁不起貧窮也禁不起富貴，既禁不起打擊也禁不起誘惑的人。這就是高行健的新人文觀。世上的每一種大文化都有自己的人文觀，高行健也一再呈現和表明自己的人文觀。而他的人文觀之核心就是真實的人的存在。真實的人是脆弱的，這是他的大判斷。去年秋天，他在和我的對話中，多次如此表述：我們不能止步於老人道主義的體魄健全身心完美理想中的人。我們寧可從關於人的理念走向具體的個人，即有種種弱點真實的人。高行健的作品和論述呈現的正是這脆弱的人。他從人道和人權空洞的政治話語中走出來，用純然個人的聲音說話，落實到在現實社會種種制約下的個人。像《一個人的聖經》裡那個主人公，在「革命風暴」降臨時立即變形，書生變成了「跳梁小丑」，一次又一次的革命史、戀愛史，其實完全是失敗史，在恐懼中失敗，在脆弱中逃跑。面對「脆弱人」的存在，便是面對生命自然，面對真實的人的本性，因此，高行健的作品，無論是小說、戲劇，還是繪畫，他都面對「人」這種異常豐富、複雜的存在，絕對不作簡單化的政治判斷與道德判斷。他完全回到人性、回到人的情感，只對這種人性與情感做出提升而進行審美判斷。高行健比現代的任何一個中國作家都更早地覺悟到，他不負擔「改造世界」與「改造人性」的使命，只是呈現與表述，即只給讀者提供他對世界與人性的認知，無法給讀者指出「出路」。他懷疑而不悲觀，徬徨而不厭世，清醒而不消極。人性，人的存在，人的生存條件，歷來如此，其悲劇，其喜劇，其鬧劇，從來就是這樣。不必大驚小怪。從兩千五百年前的古希臘開始，世界和人類本就缺少理性，《伊利亞特》中的特洛依戰爭，只為一個美人而殺得血流成河，根本談不上正義與非正義。戰爭中雙方的英雄，其實都很脆弱。高行健的新人文精神，乃是一種新人文發現，他以自己的創作說明，「人」絕非神仙，也非善主。世界本就荒誕，人類自古以來就貪婪，就缺少理性，就脆弱。但文學可以去認識「人」的真實，可以導致哲學新的認知。高行健對「脆弱人」的反覆闡釋與呈現，其實正是對「文藝復興」傳統的深化，把「人」往人性深層的方向上去深化。

最後，高行健還有第四個重大「人文發現」，這就是發現對立兩極之間有一個廣闊的第三空間，也可稱作「第三地帶」。高行健的繪畫，在此發現中找到一個前人未曾涉足的寬廣領域。這就是在抽象與具象之間找到一個從事創造的巨大可能。高行健全方位的文學藝術創作涉及小說、戲劇，也包括歌劇和舞劇，詩歌、繪畫與電影，而且都有相關的美學論述。他一再更新文學藝術的表述形式，都與「第三地帶」的發現有關。諸如：

小說以人稱代替人物，以思緒的語言流替代情節；在對話者兩極之間有一個第三主體。戲劇從多聲部到多人稱的劇作法，從同一人物的自我假對話到中性演員的表演乃至於全能，這個「中性演員」就產生於演員與角色之間。他的繪畫在具象與抽象之間，訴諸提示與暗示，提供了一派難以捉摸的內心影像；他的電影詩則把戲劇、舞蹈、音樂、詩歌和繪畫融於一爐，樣樣自第三地帶中推出，並構成一種完全的藝術。

高行健「第三地帶」的發現，帶給他的創作以無邊無際的空間。我相信，他自己應當為此而感到無窮盡的喜悅，但他的發現卻不是偶然的發現，而是他從上世紀八〇年代開始，就對我們這一代人普遍接受的「一分為二」的哲學進行叩問與質疑。他以懷疑作為認知的出發點，排除先驗的絕對精神和終極的本體預設及各種框定的價值觀（可又不導致虛無主義）。用認識論取代本體論，再三強調認識再認識，從而告別了二十世紀盛行的黑格爾的辯證法和對傳統的否定與顛覆。（然而，他並不割斷文化傳統，反而是在前人已到達的認識的基礎上，以前人為參照，去深化和開拓新的認知。）他撇開現時代普遍流行的二元對立、非此即彼、乃至於二律背反模式，從老子的「一生二、二生三、三生萬物」和慧能的「不二法門」得到啟迪，在兩端之間開拓出認知的廣闊天地和表述的種種可能，並訴諸文學藝術創作。法國哲學家札哈戴說得好：高行健超越二律背反，用更為精確的方式去思考「兩者之間」。在他的作品中不斷越界，具體而切實，超越一切對立和規範。

札哈戴熟知歐洲哲學，他當然深知高行健通過作品呈現的哲學不同於他所熟悉的那些哲學理念，所以才抑制不住內心的喜悅而著寫〈高行健與哲學〉這種令人意想不到的好文章。

我還想說，高行健還有第五、第六種人文發現。例如他發現西方藝術思潮中的時代症，即以理念代替審美，以說教代替藝術的後現代主義時代症，並與之劃清界線，從而擯棄「現代性」等新教條。關於這一點，他可謂先知先覺。上世紀末他寫的《另一種美學》和他的劇作《叩問死亡》，開宗明義，就針對現今的時代病，在這些論述與劇作中不只是對當代藝術和後現代主義言說的尖銳批評，而且挖掘其意識形態的根由（主義氾濫的惡果）。全球化從西方到了東方，這時代病已蔓延全球。以致葬送「美」和「藝術」。他去年完成（自編自導）電影《美的葬禮》，就是對歐洲美的凋零的輓歌。在哀悼美的喪失的同時，呼喚再一輪文藝復興。更有意味的是，他回歸審美的背後更為深刻的思考：是回到人，回到人性的豐富與幽深，回到認知，喚醒覺悟，重新追求精神的層次而訴諸創造。

去年我在課堂裡放映了台灣國家劇院演出的《山海經傳》（台灣國立臺灣師範大學製作），不由得想起，高行健從古籍《山海經》中的古神話遺存中找尋早已散失的神話體系，重新立傳，寫出了這麼一部遠古華夏的史詩劇，而他的長篇小說則把現時文化大革命史無前例的這場浩劫寫成了《一個人的聖經》。他的電影史詩《美的葬禮》為美在當今世界喪失而哀悼，同時又發出再一輪文藝復興的呼喚。行文至此，回顧高行健的人文發現和全方位的文學藝術創作，突然想到，這可不就是一個當代世界性文藝復興的堅實例證嗎？「夢裡尋他千百度，暮然回首，那人卻在燈火闌珊處」，原來我的朋友，那位曾經在北京、巴黎促膝談心的朋友，那位個子不高總是抽著捲菸的朋友，那位把我的小女兒抱著走進北京人民藝術劇院去觀賞他的《車站》的朋友，正是一位文藝復興式奇蹟般的人物。二〇一二年，我在韓國漢陽大學講演時就說，在我心目中至少有四個高行健：小說家高行健、戲劇家高行健、理論家高行健、畫家高行健。這之後我又觀賞他的電影和為他的詩集作序，這一切面對的正是一個活生生的、全方位的、名副其實的文藝復興式的人物。當年我稱高行健是個大作家、思想家時，有人質疑。今天我說高行健是個世上稀有的文藝復興式人物，是不是還會有人質疑呢？當然，高行健全方位的成就，只是他一個人的文藝復興，並不是一個時代的文藝復興。然而，這多少也說明，美雖在頹敗，但只要作家藝術家擁有清醒的意識，充分自覺，認識到文藝有復興的可能與必要，那還是可以有所作為的。大千世界儘管混亂，人欲儘管還在橫流，一個脆弱的個體生命固然有限，但還是可以為後世後人留下一份精神價值創造的堅實見證。

二〇一五年七月二十六日
美國　科羅拉多

目次

## 第五輯



## 附錄

# 第一輯

# 高氏思想綱要

## ——高行健給人類世界提供了什麼新思想

二〇〇四年年底，我在台北聯經出版公司出版了《高行健論》，這之後又寫了〈從卡夫卡到高行健〉等多篇文章。去年高行健七十壽辰的時候，我又寫了《當代精神價值創造中的天才異象》，儘管說了不少話，但總覺得還有一項最重要的方面未充分表述，這就是他的具有巨大深度的思想，也可以說，他提供給人類世界的一些新的、獨特的認知。我以往對高行健的評論，總的來說，還是側重於「形式」，即他的藝術創造意識，並不是他的思想系統。今天，我想借韓國提供的會議平台，概說一下高行健的思想要點。

二〇〇一年初，我在香港城市大學歡迎高行健演講會上致辭，就說過我對高行健衷心欽佩，首先是他非常透徹、非常清醒的思想。上世紀八〇年代初，我和北京的幾位著名的作家朋友（如劉心武等），就發現高行健在我們的同一代人中思想特異，新鮮而有深度。我個人則認定，他將不僅是一個非常優秀的戲劇家、小說家，而且會是一個非常傑出的思想家。後來果真如此。我自己從事文學，但又是一個超越文學的崇尚真理的思想者，因此，三十年來，我一直留心他的思想，跟蹤他的思維步伐，常常為他提出的一些獨到的見解而激動不已。今天，我還強烈地感到，我的祖國未能了解他的思想非常可惜，尤其是我國的當代文藝界，至今未能與高行健的思想相逢，更是可惜。我國在上世紀下半葉的頭三十年，文學成了政治的注釋，政治話語取代了文學話語，文學的自性幾乎沉淪與毀滅，而高行健的思索首先從這種不幸的語境中產生。我個人為了使我國的文學理論擺脫從蘇聯那裡照搬過來的「反映論」（即社會主義現實主義）框架，作了努力，但我帶有先天的缺陷（缺少創作實踐）。而高行健不同，他身兼小說家、戲劇家、畫家和導演，擁有豐富的創作經驗。這些經驗使他的思想充滿血肉，充滿活力。也使他的思想表述不徒有論述，還體現並貫穿在他的作品中。他的思想同他本人的文學藝術創作密切相關，還涉及諸多美學問題和人文科學問題，並且針對歷來的傳統美學提出另一番思路，創造出一套他自己命名的所謂「藝術家的創作美學」，關於這一方面，高行健本人在他的論著《沒有主義》、《另一種美學》、《論創作》等書中已經充分闡述過了，在此不再重複。

我今天要強調說明的是，高行健對於當今時代人的生存條件、人性狀態、社會與政治、個人與群體、自我與他者、存在與虛無等方面的深刻認知，同時也涉及他對文學藝術與當代社會、意識形態與倫理及宗教、文化與歷史、心理與語言以及作家的位置等問題。凡此種種，都有他的見解與論述表述，本人在此試圖提出綱要性的綜述，或者說，是提供一份高行健創作的思想綱要。只是提綱，只是要點，詳細論證留待以後。我特別希望，這份綱要，能成為一種「方便之門」，有益於年輕的學子進入高行健思想寶庫。我自己認為每一個思想要點，都可以開掘進去，深挖下去。下邊是我歸納的十個要點：

## （一）

高行健不僅是當代一位大作家和藝術家，也是一位思想家。但他並不企圖建構世界觀，或建立某種哲學體系。相反，他拒絕體系的建構。雖然他的思想慎密，並把思想體現在他的作品中。他有自己的獨到思想，卻不詮釋哲學，也不作哲學思辨。他作為文學藝術中的思想家就這樣與通常的哲學家區分開來。因此，他作品中的思想表述，即使是整章節的，也總是感性的，同人物的處境密切聯繫在一起，而非純哲學的議論。他把思想家分為兩種，一種是訴諸邏輯、訴諸思辨的哲學型的思想家；一種是訴諸形象、訴諸境遇、訴諸情感的藝術型思想家，他屬於後一種思想家。人類文學史上早已出現過藝術型的思想家，如但丁、莎士比亞、歌德、托爾斯泰、卡夫卡等，他們既是文學家，又是思想家。

（二）

以《沒有主義》一書為標誌（一九九四年出版於香港），高行健在上世紀九〇年代，就公然宣告「沒有主義」，毅然決然走出二十世紀的陰影，擺脫了二十世紀的兩大主流思潮，即馬克思主義思潮與自由主義思潮。他拒絕做「潮流中人」，完全超越所謂「持不同政見」這種政治與意識形態的狹隘視野，擯棄一切意識形態。這一點，高行健一直走在時代最前列，態度不僅最鮮明，而且最為徹底。他的《逃亡》與《一個人的聖經》，徹底告別了共產主義革命，破除影響了一個世紀的幾代左派知識分子的革命神話（對革命的盲目崇拜），同時也超越了二次世界大戰後的二極對峙的冷戰意識形態，充分展示了現時代東方和西方人類普遍的生存困境。《一個人的聖經》展示東方全面專政下個人的生存困境與心靈困境，也展示西方在淺薄的自由名義下不知限定個人與他者權利界限的困局。《逃亡》則指出，最難逃躲的地獄是自我的地獄，個人在逃避成為他者奴隸的時候，很可能成為自我欲望的奴隸。

（三）

高行健在九〇年代初就提出「冷文學」的重大概念。這一概念具有巨大的歷史針對性，即針對政治，又針對市場。他發現文學正在被覆蓋一切的俗氣潮流所吞沒，文學正在變質，變成政治的附庸和廣告的奴隸。在無孔不入的政治潮流和商業潮流中文學的力量就在於它自身獨立不移的品格。於是，高行健把文學的非功利性作了徹底的表述。他強調，文學既不屈從政治和所謂政治介入，也不干預政治甚至也不贊成「文學干預生活」的口號，嚴格分清政治話語與文學話語的界限。政治話語尋求「認同」，文學話語則尋求「特異」，文學絕不可以把政治「多數」和「平均數」來取代文學的「單數」和「異數」。他還強調，文學的非功利，除了必須超越政治之外，還應超越市場與時尚。面對全球文學藝術日益商品化，他如此獨立不移而貫穿始終，從文學的自主到全然非商業的電影製作，也即他獨特的電影詩，在現今的時代這種堅持十分罕見，極為可貴。

## （四）

有人問高行健提出「沒有主義」是放下一切時行的政治意識形態，那麼，高行健的思想深處是不是也有某種主義，這個問題高行健本人不可能回答，但我願意如此說，縱觀高行健的全部作品，其中倒是有一種一以貫之的「懷疑主義」。也許高行健不同意加上「主義」二字，但恐怕難以否定明顯的懷疑精神。高行健以懷疑精神作為他的認知的起點，不斷叩問，他的巨作《靈山》更是顯示不斷質疑的、深邃的精神之旅。從個人生存的意義到社會的眾生相與人類的歷史，乃至文學與語言，無不重新檢視。他的不斷叩問與質疑，不走向虛無和頹廢，卻導致深刻的認知。（他以認識再認識取代哲學本體論的思辨）不認為人能改造世界，同樣也無法改造他人和人性，從而摒棄烏托邦神話。他不以社會批判為出發點，只強調不斷的認知，觀察人生的眾生相，探究人性的幽微。他的全部作品都是人的生存條件和人性的見證，不作是非善惡的判斷，從而超越道德裁判和政治正確與否。

## （五）

高行健不以一種意識形態來對抗另一種意識形態，因此，正義、真理、道義以及人權人道的空話一概排除，只面對人真實的處境，往往呈現為困境，真實才是他唯一的價值判斷。真實不是思辨，不在乎誰的真實更真實，純然出於個人，是作家自立的，一種必要的清醒和自覺。真誠則是作家的倫理，真誠是達到真實的必要條件，也超越世俗是非標準和善惡的道德規範。真誠是做人和創作的基本出發點，基本態度，而非道德的準則，以此才可能面對真實。他在接受諾貝爾文學獎時所發表的演講中說，對於作家而言，真便是善，此外並無其他善的規範。對讀者真誠，不欺騙讀者，正是作家的基本倫理。

（六）

如何抵達人性真實，高行健強調回到脆弱的有種種弱點的真實的個人，以替代老人道主義先驗的、完美的、體魄健全的，或抽象的大寫的人的觀念。他以個人的精神獨立來替換自由、人道與人權的空話。他的《一個人的聖經》、《周末四重奏》和《叩問死亡》把現時代東西方人普遍的生存困境表現得如此真切。作品體現出這樣的思想：自由從來不是恩賜的，只來自個人即來自個人的覺醒。高行健的思想建立在個人的感知的基礎上，發出的是個人的聲音。他把人道主義的價值觀落實到現實的土壤，落實到個體生命。認為人道主義如果未能落實到個人，那就不過是一句空話。脆弱的個人面對生存的困境，有限的生命面對無限的不可知，有所能而有所不能，因而是積極的，並非注定歸於虛無。

（七）

高行健的許多作品，諸如《彼岸》、《靈山》、《八月雪》、《山海經傳》乃至影片《側影或影子》和《洪荒之後》都抵達很高遠的精神維度，這在二十世紀是罕見的。而他不同於以往的經典作家又在於他並不走向宗教。不像杜思妥也夫斯基的懺悔和托爾斯泰的救贖，他雖然訴諸宗教情懷，卻走向審美，走向詩意的昇華。高行健推崇禪宗，但如果把他的思想大至都納入禪宗則過於簡單，他喜歡莊禪，但也並非出世。

他不以無神論來否定宗教，可也不走向信仰。他肯定宗教情懷，一個脆弱的個人面對茫茫世界、命運與死亡，有限的生命與永恆，這不可知喚起的謙卑、敬畏與悲憫乃是宗教產生的根源。這種宗教情懷在他的筆下走向審美和情感的昇華，對不可知的不斷叩問導致的認知是積極的，也有別於西方現代文學中有過的並且現今還在重複的吐棄一切的頹廢（諸如謝林）。

（八）

高行健勇於創造，卻不否定思想遺產，他對一切標榜「從零開始」、把自己誇大為「創世紀」的膨脹自我的「小尼采」一再進行批判。他與浪漫的自我相反，總在充分肯定先人的基礎上，做出自己的判斷建立座標開掘新的創造可能性，進而走出他的新路。例如，他不反對現實主義，也不標榜現代主義，但他既不重複現實主義的方法，也不把現代性作為時代的標籤和教條。《靈山》和《一個人的聖經》就是這樣獨特的作品，難以納入那一種主義和那一文學潮流中去，只能說是高行健的作品，而一個作家如果能達到這一步，便超越了它的時代。

（九）

高行健對中國文學和中國文化做出三大特殊的具體的貢獻：《靈山》展示了中華文化鮮為人知的另一面，長江流域的非儒家正統的民間、民俗、鬼神、道、佛、巫和羌、苗、彝等少數民族的文化遺存。《山海經傳》則把早已流失了的華夏遠古神話體系首次得以較為完整的呈現，功莫大焉。《八月雪》則首次在戲劇上宣示了佛教禪宗六祖慧能的生平與思想，不只把慧能作為宗教革新家，也把他思想家的地位充分加以確認。

他對中國文化深入研究與開掘並加以提升，但又不是狹隘的民族主義者。他尊重西方啟蒙運動以來的以啟蒙理性為中心內容的普世價值，並在創作中為跨文化的普世性寫作提供了一個成功的例證。他自認世界公民，針對民族國家的文化認同這種政治話語，他強調現當代文化之超越國界而普世相通。他跨語種、跨文化、全方位的文學藝術創作，如此豐富，充分發揚了西方文藝復興和啟蒙時代的人文主義精神，同時也表明東西方文化對話交融並得以更新是完全可能的，這也是他給當代文學藝術創作的啟示。

## （十）

高行健作品的原創性很強，因為他特別善於創造新形式。而新形式的創造，又來自他的突破性思想和全新的視角。例如：

（1）「荒誕」的創新：歐美的「荒誕」作品多屬思辨藝術，高行健則把荒誕作為現實的屬性，這正是他區別於貝克特和尤奈斯庫之處，他們筆下的荒誕更多出於形而上的思辨，而高行健卻把現實的荒誕屬性如是呈現。《車站》與《野人》，包括短篇〈朋友〉、〈二十五年後〉，到《靈山》和《一個人的聖經》，荒誕的場景比比皆是，例如寺廟的焚燒、活人釘入棺木、為主義而戰、文革中武鬥、假槍斃、唱好日子歌、捉野人等等。

（2）語言的創新：西方文學創造了意識流，高行健卻創造了語言流。此外主語多人稱則是他對戲作法的革新，也導致了他的中性演員和表演的三重性理論和表演方法；繪畫上他也找尋新方向，在具象與抽象之間去捕捉內心的視象；以及畫面、聲音和語言三元對位，以擺脫電影通常的敘事結構。這都是他對文學藝術的創作方法上的貢獻。

（3）新文體的創造：高行健抽身靜觀和對自我的觀審，不只是一種美學觀，也是對意識的觀照和提升，這也是他給當代文學帶來一大貢獻。人的生存困境加上自我一片混沌，也構成內心的煉獄，這特別體現在他對人稱主語我、你、他一分為三的把握，借助語言意識形成的這種支點，使他創造出以人稱代替人物、以心理節奏代替故事情節的小說新文體（《靈山》）。還以此為支點，從不同角度認知，使混沌的自我得以清晰的表述。見《生死界》和《夜間行歌》中一個女人的內審，孤寂和失常。見《夜遊神》和《叩問死亡》中當代人自我膨脹導致人的絕境和藝術的頹敗和消亡。

（本文系在韓國首爾《高行健國際學術討論會》上所作的演講。）

二〇一一年二月二十二日於美國Boulder

# 高行健的自由原理

## ——在德國愛爾蘭根大學國際人文中心高行健學術研討會上的發言

今年五月二十八日，我在韓國首爾「高行健國際學術討論會」上作了《高氏思想綱要——高行健給人類世界提供了什麼新思想》的學術報告，概說了高行健的思想要點：告別瀰漫於二十世紀的各種意識形態，提出「沒有主義」的大思路；倡導超越政治功利和市場價值的「冷文學」；呼喚回歸文學的獨立自主；告別烏托邦神話和以文學來改造世界的妄念；回到文學見證人類生存條件和見證人性的功能；強調真實乃是文學的終極價值判斷；回到脆弱的有種種弱點的真實的個人，以替代老人道主義先驗、完美、抽象的大寫的人的觀念；不以無神論否定宗教情懷而走向審美；放下「現代性」的新教條，不以此作為時代的標籤；用人類學的視野開掘中國傳統文化，從而發現其中的普世價值以及在小說、戲劇、繪畫、電影諸多領域提出他獨特的創作美學。這些概說，雖然較為「全面」，但只能展示高行健思想的廣度。而今天，我則選擇「高行健自由原理」這個題目，借此觀察一下高行健的思想深度。一九九八年我在給《一個人的聖經》台灣聯經中文版作跋的時候，首次閱讀了這部長篇小說，並發現小說文本第三十九節有一段關於「自由」的講述，非常精采，現複述於下：

自由自在。這自由也不在身外，其實就在你自己身上，就在於你是否意識到，知不知道使用。

自由是一個眼神，一種語調，眼神和語調是可以實現的，因此你並非一無所有。對這自由的確認恰如對物的存在，如同一棵樹、一根草、一滴露水之肯定。你使用生命的自由就這樣確鑿而毫無疑問。

自由短暫即逝，你的眼神，你那語調的那一瞬間，都來自內心的一種態度，你要捕捉的就是這瞬間即逝的自由。所以訴諸語言，恰恰是要把這自由加以確認，那怕寫下的文字不可能永存。可你書寫時，這自由你便成看見了，聽到了，在你寫、你讀、你聽的此時此刻。自由便存在於你表述之中，就要這麼點奢侈，對自由的表述和表述的自由，得到了你就坦然。

自由不是賜予的，也買不來，自由是你自己對生命的意識，這就是生之美妙，你品嘗這點自由，像品味美好的女人性愛帶來的快感，難道不是這樣？

> 神聖或霸權，這自由都承受不了，你不要也要不到。與其費那勁，不如要這點自由。說佛在你心中，不如說自由在你心中。自由絕對排斥他人。倘若你想到他人的目光，他人的讚賞，更別說譁眾取寵。而譁眾取寵總活在別人的趣味裡，快活的是別人，而非你自己，你這自由也就完蛋了。
>
> 自由不理會他人，不必由他人認可，超越他人的制約才能贏得，表述的自由同樣如此。
>
> 自由可以呈顯為痛苦和憂傷，要不被痛苦和憂傷壓倒的話，那怕沉浸在痛苦和憂傷中，又能加以觀照，那麼痛苦和憂傷也是自由的，你需要自由的痛苦和自由的憂傷，生命也還值得活，就在於這自由給你帶來快樂與安詳。

《一個人的聖經》中這一席表述，非常感性，但理性又沉積其中。十多年來，我一直思索著這段話，並把它看作是高行健自由原理的一次概說，蘊含在這一概說中有下列幾個要點：

（一）自由不在身外，而在身內，就像禪宗所說的，佛在自己心中，不在山林寺廟裡。自由是同個體生命聯繫在一起，並非抽象的觀念和思辨。

（二）自由既然在內不在外，那麼，自由是否可能，就完全取決於自己。也就是說，自由是自給的，不是他給的，也不是天賜的，自由取決於個人，而非取決於社會群體。

（三）自由既然是由自己所決定，那麼，其關鍵就在於你自己能否意識到，能意識到自由為何物才有自由，不能意識到自由為何物便沒有自由。也就是說，自由是個體生命的一種覺悟。覺悟到自由才有自由，不知不覺便永遠沒有自由。如果把自由視為一種精神存在，那麼，可以說，覺悟先於存在。不覺悟，存在等於不存在。不覺悟，存在也無意義。

（四）高行健之所以把自由比喻成「一個眼神，一種語調」，就因為眼神和語調只存在於瞬間之中，全部問題就在此時此刻能否感悟到，能否把握到。從這個意義上說，自由只是在個體生命能夠掌握的瞬間裡才存在。自由並不是「永恆」的。離開你覺悟到的瞬間，離開你個人能力所能掌握的範圍，自由不過是空話。

（五）那麼，這個自由的瞬間在哪裡？高行健回答說，自由就在你聽、你寫、你讀即「自由的表述和表述的自由」中，也就是說，自由只存在於個人的純精神活動領域之中，非常奢侈，在此領域之外並沒有真的自由。在此範圍之外的政治領域、倫理領域、新聞媒體領域、公共交往領域乃至宗教領域，都沒有自由。以最後這一領域而言，上帝只給我們愛，但未給我們自由。所以，把思想自由和表述自由視為最高價值的高行健，雖然尊重宗教，但不走向宗教，只走向審美。唯有審美領域，才是最自由的領域。

（六）政治領域沒有自由是顯而易見的，任何政治，包括民主政治，都改變不了政治乃是「權力角逐」與「利益平衡」這一基本性質。現代政治更是黨派政治與選票政治，它注定要受制於黨派利益與多數選民的利益。新聞媒體總是標榜自由，但是現代媒體均「一僕二主」，既受制於政治，又受制於市場，本身就是政治宣傳與商業廣告的奴隸，何來自由？個體在公共交往領域中，更是受制於「共同關係」網絡，此時的人，自由意志往往被消解於關係壓力中，也談不上自由。

（七）高行健之所以一再自戒和警告作家及知識分子：個人無法「改造世界」，這不過是一種被政治話語同化了的妄念，個人也不可以充當「救世主」、「社會良心」、「大眾代言人」等虛妄角色，就因為他充分意識到，在政治與公眾領域裡，個人沒有真正的自由，頂多順乎潮流、走出浮沉，脆弱的個人在各種條件制約下稍有閃失，便成祭品。唯有拒絕充當這種種虛妄的角色，拒絕充當預言家、先知、救世主、代言人的角色，才能贏得自由，才能發出獨立不移的真正屬個人的聲音，這是高行健一再強調的自由原理。

高行健的「自由原理」不僅在小說、戲劇的創作中，通過人物、人稱表述，而且還在《沒有主義》、《另一種美學》、《論創作》、《論戲劇》中用理論的語言表述。綜合高行健的感性表述和理論，我們可以看到，高行健的關於自由的思想，除了上述幾條原理之外，還有下列特別值得注意的思考和實現自由的大思路。

其一，高行健的自由原理不是純哲學思辨，而是從人類的生存條件出發，把自由作為「超越生存困境的可能性」進行探討。因此，高行健既不同於哈耶克的真、假自由及以賽亞．柏林消極自由、積極自由的思辨，也不同於「不自由，毋寧死」的政治烈士情結，而是在現實生存處境中尋找活生生的個人如何贏得思想自由的可能。

其二，高行健認定，自由首先是一種覺悟，也就是首先必須認識到。但他又一再說明，認識無止境，對自由的認識也沒有止境。換句話說，從認識論的意義上說，自由是無限的。高行健確認了這一點之後，他的自由原理便從「覺悟」走進「方法」，更具體地說，便是對於自由，除了必須「覺悟」到（意識到、認識到）之外，還需要找到進一步加以實現的方法，這就是發現與創造。在高行健的自由原理中，自由是與發現、與創造連結在一起的。也就是說，精神價值活動領域中的自由，意味著精神主體不再陷入他人設定的已有的思維框架中。自由意味著創造，它不是「許可不許可」的問題，而是能否突破的問題，所謂創造，便是在已知的最高的精神水平中發現新的突破的可能性。

其三，高行健精神創造的特點，不是顛覆傳統與前人的成就，而是在傳統與前人已有的水平上發現潛在的新的可能性，然後做出新的表述和新的呈現。在長篇小說創作中他發明了以人稱取代人物、以心理節奏取代故事情節的新文體；在戲劇中，他把看不見的心靈狀態轉變成看得見的舞台形象，發明了「內心狀態戲」；在繪畫中，他在抽象與具象之間找到第三種可能性，發明了用黑白兩色呈現內心感受和視像的新水墨畫。凡此種種，都是高行健尋求思想自由而又創造新方法達到的結果。

這裡我要特別強調的是，高行健所以能獲得方法上即藝術表現上的自由，其哲學原因在於他自覺地走出當今世界既定的流行的二元對立乃至二律背反的哲學模式，從「二」走向「三」，從「三」走向無窮無盡。他從中國的偉大哲學家老子那裡和天才的禪宗思想家慧能那裡得到啟迪，發現他們的思維早已揚棄了二元對立，即早已從「二」走入「不二」的「三生萬物」與萬相。由此，高行健便以高度自由的心態，質疑「非此即彼」和「亦此亦彼」的哲學路線，結果在非具象也非抽象的第三種可能中創造出新的圖像；在非斯坦尼斯拉夫斯基也非布萊希特的戲劇觀之外發現了第三種可能，提出了表演三重性和中性演員的理論，創造出新戲劇；在非人物非情節即以人稱取代人物、以心理節奏取代情節的敘述中創造出新的小說。高行健無論在那個領域，總有新語言、新畫面、新創造，這種現象，我們今天用他的自由原理來闡釋，也許可以切中他的精神價值創造中的部分要點。

二〇一一年七月十七日

# 高行健對戲劇的開創性貢獻

## ——在韓國漢陽大學高行健戲劇節上的講話

本月二十八日，我在高行健學術討論會上說，在我心目中有四個到六個高行健，四個高行健包括小說家高行健、戲劇家高行健、畫家高行健和思想家（理論家）高行健。四個之外還有戲劇導演高行健和電影詩作者高行健。今天我要聲明，我比較熟悉的是思想家高行健和文學家高行健，而對於畫家和戲劇家的高行健，我只是個讀者與觀賞者，缺乏深入研究。因此，今天我的講話只能算門外談戲，在各位戲劇家面前，我只是一個小學生，借此機會向各位請教而已。

在我以往論述高行健的文章中，一再強調，無論小說創作、理論表述還是戲劇、繪畫創作，高行健都有一種高度原創性、開創性特點。中國現代偉大作家魯迅說過一句話：第一個吃螃蟹的人是值得尊敬的，一定有人第一個吃蜘蛛，不過不好吃。高行健是一個在多重領域裡第一個吃螃蟹的人，即第一個提出新思想，第一個實驗新文體、新形式的人。在長篇小說創作中，《靈山》創造了一種用人稱代替人物，用心理節奏代替故事情節的小說新文體；在理論上，他提出「沒有主義」、「冷文學」、「回歸脆弱人」、「真實即文學最後判斷」等新命題；在水墨畫中，他在抽象與具象之間找到第三種繪畫的可能性，第一次在水墨畫中充分展示人的內心，並以內心的光源取代外部的自然光源，從而與印象派的光源區別開來。在戲劇上，他更是第一個吃螃蟹的人。從希臘悲劇到現代的奧尼爾，兩千年來的戲劇，就其精神內涵而言，只展示人與命運、人與自然、人與上帝、人與社會、人與他者的關係。高行健則第一次開闢了人與自我的關係。除了這一種創造之外，他在中國戲劇史上與西方戲劇史上還做出下列幾個開創性貢獻。

（一）高行健在中國創造了第一個荒誕劇《車站》。二十世紀西方的荒誕戲劇，特別是貝克特的《等待果陀》，其荒誕性主要表現在「理性與反理性」的思辨，而高行健則把荒誕的重心放在展示現實的荒誕屬性。高行健這一劇作，為中國當代文學開闢了新的脈絡。原先中國當代小說只有現實主義寫作之脈，《車站》之後，便出現了荒誕寫作的第二脈。屬此脈的還有殘雪、莫言、閻連科等優秀作家。

（二）高行健在人類戲劇史上第一個創造出「內心狀態戲」。我在二〇〇五年所寫的〈從卡夫卡到高行健〉一文中曾經指出，不懂得卡夫卡就不懂得高行健。卡夫卡的《變形記》、《審判》、《城堡》寫透了人類的生存困境，高行健也寫透了同樣的生存困境。但是卡夫卡的重心是揭示外部困境即生存的困境；而高行健則從外轉向內，側重於「觀自在」，即側重於揭示人性困境與心靈困境。他的狀態戲，便是把心靈狀態呈現於舞台的心靈戲可稱為內心狀態戲。「內心狀態戲」是我概括的戲劇概念。這種首創性戲劇，可用高行健的名字命題，不妨稱之為「高氏內心狀態戲」。這種戲的難點在於必須把看不見的人性狀態、心理狀態變成看得見的戲劇形象。即把心理感覺訴諸視覺。《生死界》就是第一個把不可視的內心煉獄（即內心矛盾、衝突）展示為可視的狀態戲。這個戲是高行健本人戲劇創造的里程碑，它標誌著高行健的戲從中國走向普世，從外走向內。《周末四重奏》則把人內心的憂傷、焦慮、嫉妒、青春夢、女人夢統統呈現於舞台。個人在經歷人生蒼白的瞬間時，可能會出現怎樣的內心狀態，《周末四重奏》展示得淋漓盡致，《周末四重奏》帶有很大的文學性。《夜遊神》中的自我只是在開場時出現，這個「我」進入夢境之後，即進入內心的潛意識深層之後，出現了第二人稱的「你」，作為自我投射的「你」，一個個形象——「那主」，流氓、妓女等形象全都是主人公的內心圖景。這是一個把看不見的內心夢境、潛意識呈現為可視意象的十分完美的內心狀態戲。李歐梵先生說，高行健戲劇反映了歐洲高級知識分子的審美趣味。這種趣味正是觀賞人類豐富複雜內心世界變幻無窮的趣味。

（三）高行健在展示人的內心世界時，通過「人稱轉換」這一寫作技巧即審美形式把人物的內心圖景展示得極為豐富複雜。這裡我要再次強調：人稱轉換是高行健的重大藝術發明。在小說《靈山》中，他就通過「你、我、他」等主體座標的相互轉換，從而構成極為複雜的主體內部的語際關係（我稱之為內部主體間性），而在戲劇中，高行健又通過人稱轉換，使人物的內心圖景得到充分表現。例如《周末四重奏》的四個角色A、B、C、D，每個角色都有內主體「你、我、他三座標」，這樣就形成對話的廣闊空間和無限可能。因此，這部戲不僅把每個人物內心的各種情感「獨白」出來，而且形成四個角色你我他的互動，變成「複調與多重變奏」。此劇被法蘭西國家戲院破例上演（該劇院這之前未曾上演活著的劇作家的戲）。這部劇本讓人閱讀起來就像閱讀小說文本。

（四）高行健的戲劇還創造了有別於斯坦尼斯拉夫斯基和布萊希特的「中性演員」即演員表演的三重性。關於這一點，高行健自己已經講得很清楚，不必我再贅述。

總之，高行健的戲劇為世界現代戲劇史增添了精采的、獨一無二的一頁。我相信，今天我們在這裡共同探討這一頁，有很重要的意義。

# 當代世界精神價值創造中的天才異象

二〇一〇年一月四日，是高行健七十壽辰。我在遙遠的東方向他表示熱烈的祝賀，但不是用空話祝賀，而是用簡潔的語言概說他的成就與貢獻。作為和他一樣在長江黃河土地上生長起來的同齡人（我僅比他小一歲），我一直為他而驕傲，衷心敬佩他。從一九八三年觀賞他的戲劇《車站》開始，近三十年來，我多次因閱讀他的作品而徹夜不眠。他的作品是那麼冷靜，他對世界是那樣冷觀，可是，我閱讀後則常常激動不已，而且多次受到震撼，為什麼會產生這種閱讀效果？我至今還沒有完全想明白。但有一點我已想明白了，高行健是在我的同一代人中出現的一個天才，一種精神價值創造的「異象」，一種超越時代的「個案」。以往常聽說，作品與人才是時代的產物，我不完全同意這種論點。我認為，天才完全是個案，例如曹雪芹，他所處的時代正是黑暗的滿清雍正、乾隆文字獄最猖獗的時代，然而，恰恰是這個時候誕生了中國最偉大的文學作品《紅樓夢》。高行健也是一個在本沒有路可走而走出廣闊的創造之路的天才異象，而且可以說，他是一個被瑞典學院首先發現但還沒有被他的祖國與人類世界充分發現和認識的天才異象。下邊，我想對這一判斷作些概括性的說明，即概說高行健所完成的幾項業績。

第一、扎根中國文化，對中國文化作出卓越貢獻；又超中國文化，創造具有普世價值的人類文化新花果。

高行健首先是一位用漢語寫作的中國作家。他的血緣是中國的，最初的文化積累也來自中國。從我認識他的第一天，即八〇年初的一天，就聽到他講《山海經》和莊禪文化，就為他的如此豐富的中國文化底蘊而驚訝。三十年後，我回顧他的創造歷程，便清楚地看到他對中國文化的三大貢獻：

（1）通過《靈山》，展示了中國非正統、非官方的、鮮為人知的另一脈文化，這是中原儒家文化之外的，常被忽略的隱逸文化、民間文化、道家自然文化與禪宗感悟文化。以往中國學者雖然對此脈文化有所研究，但沒有一個人能像高行健這樣，通過活生生的意象呈現出此脈文化的豐實血肉、生動氣息和不朽的活力。

（2）通過《山海經傳》，重新展示中國遠古神話傳統的精采風貌，復活了幾乎被遺忘的中國原始文化體系。以往也有學者對《山海經》進行學術性尤其是考證性研究，但沒有人像高行健如此用完整的戲劇形式（近七十個神話形象）呈現中國這最本真本然的文化。《山海經傳》是高行健對中國文化基因作了一次充滿詩意的覽閱與評價，它提供了中國原始原型文化的一個形象版本。

（3）通過《八月雪》把中國禪宗文化精神內核推向人類精神的制高點，讓禪的精神光輝在當代世界中再次大放光彩。在《八月雪》中高行健破天荒地把慧能作為思想家加以呈現。這位偉大的思想家披著宗教的外衣，卻完全打破偶像崇拜，以覺代替神，創造了相對於基督救世體系的另一種自救真理。不僅如此，慧能還在思想史上創造了無須邏輯的思想可能和無須他者幫助而贏得自由（得大自在）的可能，從而把禪文化展示為一種世所沒有的獨特思想文化創造，使一千年前產生的中國禪完成了一次現代的轉化。加上此劇使用京劇傳統演員，在形式上吸收西方歌劇的合唱與交響樂又不同於西方歌劇，從而具有現代感又不失中國的文化氣脈。

高行健這三個貢獻，是高行健為中國文化在世界贏得崇高地位而立下的不朽功勳。古希臘的「俄底浦斯王」因為不認識自己的母親最後自戕眼睛，現在中國發生的是母親不認識兒子的另一種悲劇，但我相信，中國偉大的文化最終會認識自己的天才兒子。

此時，我要說明的是，高行健雖然扎根於中國文化，取材與創新中國文化，但他並不強調中國性，更不強調民族主義，相反，他扎根中國文化又超越中國文化，追尋的是人類普世價值。他在《靈山》、《山海經傳》、《八月雪》中探討的是人類如何在自己的心靈中找到太陽、找到靈山、找到光明之源的共同問題，在《一個人的聖經》中呈現的則是東西兩方都遇到的生存困境、人性困境。最近，我讀了陳邁平兄寫的精采著作《凱旋曲》（香港牛津大學出版社），才知道瑞典學院諾貝爾文學獎評審委員恩格道爾特別讚賞《靈山》，認為這是世界文學中一部不可多得的「具有普遍價值」的好作品，是可以和喬伊斯的《尤利西斯》或者湯瑪斯．曼的作品媲美的，所以能超越國家和民族的界限。（陳邁平，《凱旋曲——諾貝爾文學獎傳奇》，頁九四，香港：牛津大學出版社，二〇〇九）喬伊斯的《尤利西斯》扎根於愛爾蘭文化，寫的是都柏林人的文化心理和人性困境，但它又呈現全人類共同的人性衝突和生存難題，而高行健書寫的是中國文化，觸及的卻是人類社會的種種根本問題，並且觸及得非常深刻。因此，《靈山》不僅是中國文學文化經典，而且是世界文學當之無愧的經典。

第二、立足文學創作，創造出長篇小說的獨一無二的新文體；又超越文學創作，贏得戲劇試驗、繪畫試驗、電影試驗、藝術理論探索等全方位的成功，從而為當代人類智慧活力作了有力的證明。

高行健從小說創作起步，一九七八年他作為中國作家代表團的翻譯訪問法國時，把他的一些小說稿子交給團長巴金閱讀，巴老讀完就對法國朋友說：這是一位真正的作家。從那時候起，他就開始進行小說創作。到了八〇年代末，他完成了長篇巨作《靈山》。這部長篇首先得到馬悅然教授的激賞，並翻譯為瑞典文，這部巨著創造了以人稱代替人物、以心理節奏代替故事情節的小說新文體。中國自從百年前梁啟超提倡新小說以來，作家們雖然具有小說觀念，但缺少小說藝術形式的創造意識，因此小說文體一直是「人物、故事、敘述」三者結合的模式。高行健打破這種模式，而以「人稱、心理、對話」三者結合的方式，創造了另類小說。「你、我、他」三個內在主體座標，可以展示如此豐富複雜的語際關係，可以觸及如此深刻的文化內涵和人性內涵，這是前無古人、後啟來者的大創造。馬悅然說它是「二十世紀最偉大的小說之一」，絕非虛言。

高行健立足文學，又超越文學。他的戲劇創作幾乎和文學創作同時開始又同步進行。他的戲劇創作也可以稱為戲劇實驗。十八個劇本，每一個都不同，都不重複自己。在世界戲劇史上，就精神內涵而言，他在前人（從古希臘悲劇到現代奧尼爾的戲劇）展示「人與自然」、「人與上帝」、「人與社會」的關係內容之外開闢了「人與自我」的另一重大關係，從而把人的內心狀態呈現於舞台。這種把不可視的心相化作可視的舞台形象，在戲劇史上是一種巨大的突破。而在戲劇審美形式上，他又把戲劇的表演性發揮到極致，讓演員兼任「角色」與「扮演者」雙重身分，演出時不是模擬現實，而是戲弄人生。通過突破戲劇規範的試驗，高行健竟然可以在觀眾面前對角色進行心理剖析，竟然可以把人的夢幻、人的沉思、人的感受、人的心理衝突統統搬上舞台，這不能不讓人驚歎。難怪法國女作家兼導演安古拉·威爾德諾（Angela Vedejo）要說：「高行健的戲作特別值得當作一個謎來解說……高行健為戲劇打開了一扇全新的門：以演員為中心，以傳統為根基，從當今世界的現實出發，為當代戲劇找到一個新天地。」（引自Angela為西班牙ELCobre出版社出版的《高行健的戲劇與思想》一書的序言，中文版參見《明報月刊》二〇〇九年七月號）安古拉·威爾德諾本身是西方的戲劇導演，說的全是內行話，她的文章中指出高行健建立的表演理論是戲劇主張的一大特點，指出揭示人內心世界的多重性和三人稱的運用是高行健戲劇作品的特點，指出劇場性和表演三重性是高行健開掘戲劇潛能的關鍵處，等等，對我啟發極大，使我明白，高行健不僅是中國戲劇的改革家，而且在西方當代戲劇平台上，他也是一個先鋒之先鋒，前衛之前衛。如果要了解西方戲劇，僅知道貝克特與熱奈是不夠的，還必須面對遙遙領先的高行健。

二十年前，我對高行健的小說與戲劇就充滿信心，也對此寫過評述文字，但沒想到，他還在繪畫上獲得舉世矚目的成就。至今，他已在歐洲、美洲、亞洲舉行過六十次以上的個人畫品展覽。在拙著《高行健論》中我已說過，行健的水墨畫，畫的不是物相，而是心相；或者說，畫的不是色，而是空。他的畫不是現實的摹寫，而是心境的投射。他的畫，不僅有繪畫性，而且有文學性。所謂文學性，指的是內心的深度。要在只有黑白兩色的變幻中展示內心的深度是很難的。高行健突破這一難點的關鍵是在畫中引入中國水墨畫忽略的一種繪畫語言，即光線（中國傳統水墨畫來自書法，只有水墨布局結構觀念，沒有光線概念）。而行健畫的光源與西方畫來自「物」不同，它來自「心」，是心相之光，不是物理之光。因此，其光是飄動不定的。行健這種「明」（光）在心裡、亮在紙上的畫法絕對是前人所無。西方的印象派繪畫雖注意「光」，但其光源來自外（物）不是來自內（心）。印象派讓繪畫回到二度空間，消滅了深度（文藝復興後的繪畫受科學技術的影響，創造了焦點因而也創造了深度），行健吸收了此派「光」的藝術又自創另一種深度，這不能不說是一種奇觀。

近幾年，高行健一面投入繪畫創新，一面又進行藝術電影創作，導演製作了《側影或影子》，進行了一次「電影詩」的試驗。有意思的是，這一試驗得到富有盛譽的義大利米蘭藝術節的熱烈肯定。去年七月，他應邀作為嘉賓參加了盛大的米蘭藝術節，該藝術節每年一度，從六月底到七月中旬，是一個文學音樂電影綜合性的國際藝術節，有上百位各國著名的作家、詩人、音樂家和電影導演應邀參加盛會。今年應邀的諾貝爾獎文學獎得主還有奈及利亞作家索因卡（Wole Soyinka）和聖露西亞詩人沃爾科特（Derel Walcott），以及諾貝爾和平獎得主美國作家維塞爾（Euie Wiesel）。高行健二〇〇一年剛獲得諾貝爾獎文學獎就已經應邀出席過，這次再度邀請，由高行健本人朗誦了他的法文詩〈逍遙如鳥〉並專場放映了他的影片《側影或影子》，觀眾反應十分熱烈，該藝術節為表彰他全方位的藝術成就，向他致敬，特別頒發給他獎狀。米蘭藝術節給高行健頒獎的頌詞如下：「對於二〇〇〇年諾貝爾文學獎得主，《靈山》、《一個人的聖經》和《給我老爺買魚竿》這些真正傑作的作者高行健來說，全能的藝術家才是唯一確切的稱謂，他既在自我內心的深處探幽，又在他的故鄉曠漠無垠的自然中跋涉，他豐富多重的想像，跨越東、西方文化，成了我們這『後革命』時代現實的標誌。他不僅是一位作家，也是詩人、文學批評家、劇作家、畫家和導演，正是米蘭藝術節理想的嘉賓。他作品豐富細緻的表現力和語言的感染力，以及他的學識，恰恰是我們藝術節一直熱切追求和堅持的主要目標。高行健最近還投入電影創作，在他精采的影片《側影與影子》中，透過一個個如夢的畫面，可以看到他創作的漫長旅程。米蘭藝術節今天要向這位真正純粹的思想探索的先行者致敬，並期望他對藝術創作的執著和創造力持續不斷讓全世界的自由精神為之感動。這也是一個大寫的無限的藝術之理想。」這一頌詞點破了高行健不僅是一位作家，而且也是詩人、文學批評家、劇作家、畫家和導演，這種「全能藝術家」即全方位的精神存在，正是米蘭藝術節追求的一種人文理想，也是高行健天才異象的重大標誌。

第三、全方位藝術試驗背後的哲學思考與思想成就：既有現代感，又衝破「現代性」教條。通過文學藝術語言表達，實現了對三大時髦思潮的超越，成為另類思想家的先鋒。

二〇〇一年我在香港城市大學歡迎高行健的演講會上就說過，我對高行健的敬佩是從「他很有思想」開始的，他的思想既在《現代小說技巧初探》、《沒有主義》、《論創作》等理論形態的文章中體現出來，又在作品中表現出來。他的每一部作品，哪怕是一部小戲，都蘊含著豐富的思想。世上有兩種思想家，一種是訴諸哲學概念與哲學框架的思想家，這是從柏拉圖到康德的一類哲學家；另一類則是在文學作品中蘊含著巨大思想深度的思想家，但丁、莎士比亞、歌德、托爾斯泰等，便是這類思想家。高行健屬於後者，他的思想蘊含於意象、形象和語際關係中，其形態不是抽象的思辨，而是在創作美學導引下的具象的表述。可以說，高行健已為中國文學和世界文學提供了一個精采的創作美學系統，這一系統包括文學觀、戲劇觀、繪畫觀、電影觀，也包括他自身豐富的創作經驗，那麼可以提問：高行健創作美學背後有沒有世界觀？我想代之回答說：沒有。高行健的創作美學，其特點恰恰是「沒有主義」，沒有意識形態，沒有哲學框架。他的美學是不依附任何哲學框架的獨立存在，因此，他不預計絕對真理和先驗世界觀。他只求認識世界（主要是指認識人的生存環境與人性）並不解說世界，更不叩問世界本體和終極究竟，這一意思倘若用習慣性的哲學語言表述，便是認識論大於本體論。在高行健的美學系統中，主客體常常融合為一，其認識手段與方式也完全不同於通常的哲學家，即不通過邏輯和思辨去認識世界，而是通過直覺、直觀與感受去靠近和把握活生生的世界尤其是活生生的人的存在。所以不能說這是世界觀和意識形態。如果有人硬要問高行健在沒有主義中是否也有某種主義（二〇〇五年法國普羅旺斯大學的高行健學術討論會上曾有這樣的提問），那麼，我們也不得不回答，這種所謂「主義」，只是懷疑。高行健常把懷疑作為創作動力。他懷疑老套老格式，懷疑老問題老理念，甚至懷疑人性是否可以改造及世界是否可以改造，人類社會的未來是否可知，其發展規律是否可以把握。我把這種懷疑視為懷疑精神但不稱作懷疑主義，因為這不是一種固定的意識形態原則。

高行健認識世界的獨特方式和獨特態度，使他超越了歷史學，超越了政治家預言，也超越了道德判斷；因此，他的思想便超越了當今世界還在流行的三種大思潮：

（1）超越了二十世紀業已成為主流意識形態的泛馬克思主義思潮。這一思潮以「批判資本主義」、「社會進步」、「烏托邦理想」為核心內容。高行健跳出這一思潮，所以強調文學藝術不應以批判社會和改變歷史為出發點，僅以見證人性（包括見證人的生存環境）和見證歷史為使命。

（2）超越了西方老人文主義、人道主義關於人的認識，揚棄文藝復興以來那種把人理想化、浪漫化的思潮，不再把人視為大寫的人，而是視為脆弱的個人。他一再說明，如果不落實到「個人」，所謂人道主義和人文理想就會變成一句空話，這種思想體現在文學藝術上，便是不滿足於老人道主義關於人的解說，從而深入到人自我內心的陰暗面，在「觀世界」時也注意「觀自我」，特別正視人內心那個最難衝破的自我的地獄。話劇《逃亡》和《生死界》、《周末四重奏》等一系列戲劇，充分顯示，高行健早已遠離老人道主義空泛的理念。

（3）超越了當代時髦的「現代性」和「後現代主義」思潮。高行健的作品具有現代感與先鋒性，但他從不把「現代性」作為一種價值觀與教條。他在《沒有主義》一書中指出，作為價值尺度的「現代性」實際上是一種新意識形態，其核心內容是「顛覆」二字，即顛覆傳統與顛覆前人藝術成就。「後現代主義」則把「現代性」極端化，用「造反」代替建設，用解構代替建構，用觀念代替審美，用批判代替藝術。高行健指出這是一種發端於尼采的時代症，他的《另一種美學》對此作出了極為深刻的批判。正是對後現代主義思潮具有清醒的認識，因此，高行健在不斷試驗、不斷創新的時候，對於過去的文化藝術傳統，從未簡單否定，更不當造反派。他只是用另一種眼光審視傳統，理解前人抵達的制高點，然後尋找潛藏的機制和再創造的可能性。即不是從外部去顛覆去另起爐灶去給藝術重新命名，而是從內部開掘新的生長點與發展點。高行健創作美學中所表明的這些思想極為深刻和寶貴，他倒是真正提供了一種文學藝術創造的「新方向」。

高行健今年七十歲，實際創造的時間只有三十年，但在三十中，他卻做了這麼多充滿靈魂活力的大事。人的一生很短，能完成其中一件事就不簡單，能在戲劇上創造出幾個戲或在繪畫上有些革新就不簡單，但高行健卻在如此諸多領域中同時做了這麼多大事，而且完成得如此輝煌，這不能不說是了不起，不能不說這是一種天才異象，今天，我們能面對這種異象、討論這種異象，說明我們還沒有遠離真，遠離美，說明還有真愛文學藝術的心靈在。我以上的概說，作為心靈的禮物，贈給行健兄，也獻給參加慶祝會的朋友們。

二〇〇九年十二月三十一日

於美國科羅拉多

# 從卡夫卡到高行健

## ——高行健醒觀美學論述提綱

一九九九年，高行健的長篇小說《一個人的聖經》即將由台灣聯經出版公司出版的時候，我作了一篇「跋」。通讀全書清樣後發現這部小說很有詩意。很奇怪，這部長篇小說與《靈山》那種精神上的逍遙不同，觸及的是文化大革命時代的現實的根本，那種現實是魔鬼般的狂亂與黑暗，怎麼能寫得這樣美？另一點讓我感到意外的是，和以往描寫文化大革命的所謂「傷痕文學」完全不同，它沒有譴責，沒有控訴，沒有憤怒，沒有持不同政見的情結，卻極其深刻地呈現出那個時代的現實與人的困境。我還發現，高行健這部長篇小說，其詩意既不是出於義憤，也不是來自對現實的悲情，而是來自作者冷靜的觀省，這是一種罕見的態度。作者毫不迴避現實，卻又從現實抽離出來，然後高高地對現實冷眼觀照。從那時候起，我獲得這樣的一種認識：高行健作品中的詩意不同於莎士比亞（人文激情），也遠離歌德

（浪漫激情），而是出於卡夫卡的荒誕意識。唯有卡夫卡，才是高行健的出發點。

卡夫卡是個扭轉文學乾坤的巨人。他的創作，告別了以抒情、浪漫、寫實的文學時代，開創了以荒誕為基調的文學時代。他筆下的人，不是悲劇的主角，而是荒誕的存在。用悲劇論無法解釋《變形記》、《審判》、《城堡》中的主人公，只有用存在論才能闡釋這些存在主體。卡夫卡開拓的荒誕意識，發現人在現代社會中被消滅，發現人變成非人、變成「甲蟲」，發現人創造了剝奪自身、奴役自身的概念、主義、工具、牢房，還發現人莫名其妙到處受審判、受追蹤。一個生命個體好好的，什麼壞事也沒有做，卻無端地到處被拷問，為天地人所不容。而現實世界又恰如那個若有若無的城堡，說有，卻進不去出不來；說沒有，它又時時刻刻糾纏著你。卡夫卡用冷眼觀察他的主人公，在社會上、家庭中都沒有出路的生命體。他很了不起，在納粹及其製造的奧斯威辛集中營出現之前就意識到現代人的這種困境。卡夫卡冷靜地觀看世界，他意識到這個世界的本質是「無」：無價值，無意義，無處安生，無處安神，無處可以安放自己的身體與心靈。

高行健從《車站》、《彼岸》開始，就寫這個世界的荒誕。車站早就取消了，可是乘客們還在車站焦急地等待車子的到來，還在為車子的正點、晚點而爭吵，全然活在幻覺中。這不是「有」的毀滅（悲劇），而是「無」——什麼也沒有的荒謬。那個可望而不可即的「彼岸」，也如卡夫卡的「城堡」，只是一種幻象，它讓所有的人都殫思竭慮地去追逐，又讓所有的人癱倒在「失語」的此岸。高行健的《一個人的聖經》不同於蕭洛霍夫（Mikhail Sholokhov）的《一個人的遭遇》，也不同於帕斯捷爾納克（Boris Pasternak）的《齊瓦哥醫生》，其不同的關鍵是它沒有這兩者的悲情，它從悲劇的情懷中抽身，用冷眼觀看現實世界。

高行健從卡夫卡的現代意識出發，又不重複卡夫卡，他繼續往前走。而最根本的突破，便是從「外」走向「內」，即從外部世界走進內部自我世界。高行健與卡夫卡一樣，均有一雙冷觀的眼睛，但高行健不僅用這雙眼睛「觀世界」，而且用這雙眼睛「觀自在」（即觀自我），既看到世界的荒誕，又看到自我的混沌。換句話說，是既把荒誕看作現實的屬性，也視為主體的屬性。《一個人的聖經》中的主人公就是一個荒誕而混沌的生命。他在大革命浪潮打擊下喪魂失魄，充滿恐懼，其人性脆弱到極點，卻又要戴上革命面具扮演造反英雄，甚至還要率領另一群人去充當「弄潮兒」。結果變成一隻「披著狼皮的羊」，一個形神分裂的「跳梁小丑」。他本來是一個與革命毫不相干的「局外人」，偏偏扮演一個投身革命的「局內人」，結果除了一片混沌、分裂、破碎、荒唐之外，什麼也不是。在《一個人的聖經》中，沒有泛泛的激情，卻有作家當下的準確的感受。高行健後期的戲劇作品，如《生死界》、《對話與反詰》、《夜遊神》、《周末四重奏》、《叩問死亡》，都是「觀自在」的精美作品。一個人的內心狀態，尤其是一個人的混沌內心狀態，是肉眼看不見的，也是最難以捕捉的，但高行健卻把這種不可視的東西變為可視的東西，把看不見的內心狀態呈現於舞台，創造了世界戲劇史上未曾有過的狀態戲。這正是他「觀自在」的一種結果，一種了不起的成就。

高行健的「觀自在」，得益於禪的啟迪。禪宗的「明心見性」，其要點是開掘「自性」（《六祖壇經》：「萬法從自性生。」）。高行健在禪的啟發下觀省生命本身。這種觀省不是思辨，不是分析，不是訴諸邏輯，而是通過對生命個體脆弱性的揭示來肯定個體生命的價值，也就是說，他是通過對個體生命之脆弱與混沌的清醒意識來肯定個體生命的價值，肯定人性弱點的合理性，從而給予生命最大的寬容。二十世紀瀰漫救世主情懷，百年中的一代代救世主、審判者、正義的化身、人民的代言人，他們聲言要救治世界，卻從不正視自身的弱點，也從不反省那個無限膨脹的自我。高行健一再批評尼采，正是批評自我的膨脹。尼采一面宣布上帝的終結，一面則在實際上宣布自我的創世紀，把自我膨脹為重建世界的超人。十九世紀下半葉和二十世紀初，在德語寫作群裡出現兩個精神奇才：一個是尼采，一個是卡夫卡，這就形成了對人的認識的兩極，一種把人誇大為新的上帝，一種則發現人的極端脆弱。高行健與卡夫卡相通，他確認人性的脆弱。他筆下的人，既禁不起壓力，也禁不起誘惑；既禁不起潮流與風氣的挾持，也禁不起孤獨的空寂。呈現這種脆弱，便抓住了人性的真實。高行健的醒觀美學，正是對這種真實十分貼切的把握，因此，醒觀美學不同於思辨哲學，而是現代生命哲學。

高行健從現實中抽離出來進行觀省的態度，也得益於禪宗。擺脫宗教形態的禪，為把握當下的生命本真提供了可能，高行健緊緊抓住這種可能。在他眼中，禪不僅是一種立身行為的態度，更是一種審美。禪只觀察，不作判斷，特別是不作政治是非與道德善惡判斷。表現在作品中，便是只作描述，只作呈現，不作價值結論。作家僅僅是見證者、觀察者，不充當審判官、裁判者的角色。禪宗的「不二法門」（《六祖壇經》：「善惡雖殊，本性無二。」），對於高行健來說，就是不作是非、善惡、真假、高低、內外等世俗判斷和理性判斷，只作美醜判斷。我曾說，沒有禪宗，就沒有《紅樓夢》，而《紅樓夢》正是一個無是無非、無善無惡、無真無假、無因無果的藝術大自在。現在我還可以說，沒有禪宗，就沒有高行健，他也是一個沒有敵我分別、善惡分別、內外分別的藝術大自在。高行健寫了一本書名叫《另一種美學》，所謂另一種美學，就是對人生、對藝術採取一種觀省態度。這是高行健首創的獨特的審美經驗和獨特美學。

所謂「無善無惡」，不是說沒有惡，而是說作家對惡有一種超越、一種清明的意識。在高行健的作品中，他充分看到、估計到人性惡，知道這惡便是地獄，又知道無法改變人性惡。人與人之間的差別只是對惡覺悟與否、超越與否。所謂超越，便是意識到人性之惡無所不在，人自身具有惡的無限可能性，並且總是處於雙重的荒誕之中（現實社會的荒誕與作為主體的人的荒誕）。有了這意識，就有了對自身的把握，也就是「覺悟」。「無善無惡」，乃跳出善惡的判斷而以此意識進行自我觀照。高行健的寫作，便呼喚這種意識。說他人是地獄，這種意識是本能的，無須太多呼喚；說自我也是地獄，說地獄就在身內則不容易正視，這意識必須去喚起。高行健的「逃亡」，不僅是從外部的惡中逃亡，也強調從內部的惡中逃亡。他的劇作《逃亡》告訴人們一個哲學道理，人最難逃脫的是自我的地獄。但有了這種意識和醒觀眼睛，人或許可以避免葬身於自我地獄的黑暗中而獲得「自救」。高行健的悲天憫人，突出地表現為對人的內荒誕的悲憫與提醒。

「觀自在」是對內在生命的把握。而這種把握的關鍵就在於從主體內部抽出一隻中性的反觀自身的眼睛。關於這一點，我曾在以前的文章中提過，必須特別注意高行健發現的主體三重性。高行健發現全世界的語言都是「你」、「我」、「他」三個人稱，於是，他確認主體擁有三個座標，而不是通常認為的二重性兩個座標。佛洛伊德也曾把主體分解為本我、自我、超我，也是三座標，但這是靜態的精神分析，難以把握。而高行健認為語言的三個人稱「你」、「我」、「他」卻是人的意識的起點，有了這三個座標，意識才得以實現。這是一個重要的發現。這三個座標進而確認了主體的三重性以及主體內在的互動，也即人稱轉移，這種主體間性（或稱為主體際性），即主體內部的三座標可以進行對話。而這種對話其實是「假對話」，也就是說，是主體在自我內部世界中變換位置的獨白。高行健又從三重內在主體中抽出一個「他」，這個「他」，是從「他」的角度再觀省，對「你」、「我」再進行審視，從而以一雙冷眼作審美判斷者，不只是觀看外部世界，也觀看內部世界。

以往的主體性理論，雖也注意到主體間性，但一般只注意到外部主體間性（外部主體關係），包括哈貝瑪斯（Juergen Habermas）的交往理論，也是外部主體間性理論。而高行健卻把主體間性投向生命內部，在靈魂、情感處展示一種極為複雜的主體關係構架和極為複雜的語言構架，創造出小說與戲劇的新文體。《靈山》便是內部主體間性的最集中的藝術呈現。這種以人稱代替人物之格局，從理論上表述，便是以內部主體間性代替外部主體間性。

以上所說的只是高行健審美經驗的一小部分。嚴格地說，東方文學界對高行健的研究還沒有開始，我所寫的有關高行健的文章，也只是閱讀心得。我相信，再過一段時間，一定會有許多中國與其他國家的讀者和學者進入高行健的「靈山」，並會發現那是一片非常精采、值得不斷開掘的世界。

（本文系在中國中山大學中文系和在日本佛教大學所作的演講。）

（原載《明報月刊》二〇〇五年九月號）

# 中國現代文學中的兩大精神類型

## ——魯迅與高行健

### 一

韓國的「中國現代文學研究會」理事長朴宰雨先生在兩三年前曾設想舉辦一個「從魯迅到高行健」的討論會，並發函與我聯繫，但因高行健身體不好，沒有辦成。他看到高行健與魯迅是很不同的作家，可以作比較論說，這是很有見地的。事實上，這兩位作家是二十世紀中國現代文學中很有代表性的兩種精神類型。

只要留心一下，就會發現，世界各國的作家，儘管各有各的個性，但仍然可以看到完全不同的精神類型，例如日本的兩位諾貝爾文學獎獲得者川端康成和大江健三郎，就很不相同，川端遠離政治，拒絕干預社會，屬於唯美的一極；大江則關注政治，擁抱社會，屬於國際知識分子左翼，完全站在川端的彼岸。這兩種極端的精神類型，在法國則是左拉與普魯斯特的巨大差異；在德國則是歌德與荷爾德林的巨大差異；而在英國與愛爾蘭，則是拜倫與喬伊斯的差異，在葡萄牙，則是薩拉馬戈和比索瓦的差異，兩者都是精采的存在。

今天我所講的魯迅與高行健，也是精采的存在。但是，對於中國人來說，對魯迅已非常熟悉，認識也很充分，而對於高行健，雖然也知其名，但仍然很不了解。對於高行健，我們最好先認知，然後再作價值判斷與感情判斷。高行健是一個非常特別的中國作家，正如我的朋友李歐梵教授所說，高行健的審美趣味是歐洲高級知識分子的審美趣味，精神內涵比較深邃，藝術形式也比較不同一般，因此，要進入他的世界，相對就比較難。

## 二

這兩位作家，我都非常喜愛。魯迅不僅是我文學研究的出發點，而且是我崇尚的對象。魯迅這一名字，早已成為我的血肉，我的靈魂的一角；而高行健是我的摯友，二十多年前，我就和妻子抱著小女兒去觀賞他的《車站》。在北京，我和劉心武、劉湛秋，常與他聊天。那時就覺得他比我們「先鋒」，聽他講話，真是「如聞天樂」。

魯迅逝世於一九三六年，高行健則誕生於一九四〇年。魯迅逝世後五十年，高行健才作為獨立不移的思想者與作家站立起來。

他們兩位有兩個共同點：第一，他們都是原創性極強的文學天才。五四新文學運動，是用一種新的語言方式進行寫作實驗的運動。那時開風氣之先的前驅者有陳獨秀、胡適、周作人等，胡適開了新詩的風氣，寫了《嘗試集》，雖有首創之功，但寫出來的詩卻很幼稚，而魯迅則出手不凡，一寫起新小說，就寫得那麼成熟，自成一種文體，其《狂人日記》，今天讀起來，還讓我們覺得文氣那麼充沛，文字那麼漂亮。魯迅的《孔乙己》、《故鄉》、《祝福》等等，伴我精神生活幾十年，至今一想起，還會在內心震盪。魯迅小說的藝術效果不是讓人感動，而是讓人震動，它總是搖撼著你的靈魂。《故鄉》裡的閏土那一聲「老爺」，不僅震撼魯迅，也震撼我們。一聲「老爺」，把童年時代兩位天真的朋友，一下子拉開十萬八千里。舊制度，舊文化，不僅吞沒了閏土的青春、健壯，把他的臉變成樹皮式的臉，而且吞沒了他內心的那一點人的驕傲與人的尊嚴，把他的靈魂變成麻木的靈魂，即「死魂靈」，一讀《故鄉》，我就產生一種非常特別的、他人也許想不到的鄉愁，這種鄉愁不是對於故鄉的浪漫情懷，而是童年時代和窮苦兄弟一起抓麻雀，一起在圓月下看守瓜田的本真狀態。我的憂傷常常是一種喪失本真自我的憂傷。

高行健也很特別。八〇年代他的作品還沒有正式問世，僅僅寫了幾篇小說給巴金看（高行健是以巴金為團長的訪法作家代表團的翻譯），就得到巴金的激賞。巴老對著法國朋友說，高行健是個真正的作家。他寫出《現代小說技巧初探》，一下子就引發一場全國性討論，而他的長篇小說一旦寫成，就完全改變了小說的觀念與小說的文體。《靈山》以人稱代替人物，以心理節奏代替故事情節，以內心多重語言關係代替外部的主體關係，這是中外小說史上所沒有的，但它獲得成功。而他的十八個戲劇，每個都不重複自己。他的戲劇所以會在西方打開一條新的道路，除了他把中國的「禪」帶入戲劇，從而送入一股精神新風之外，還在於他完成了三項突破：一，在戲劇內涵上，突破了奧尼爾的四重關係（人與上帝，人與自然，人與社會，人與他者），創造了人與自我第五種關係：二，在戲劇藝術上，他創造了戲劇史上未曾有過的內心狀態戲。內心狀態本來就看不見，難以捉摸，他卻把不可視的狀態呈現於視覺性特別強的戲劇舞台：三，創造了演員、角色、觀眾的戲劇表演三重性。這一切，如果沒有特別的才能就難以做到。

魯迅和高行健還有另一個共同點：他們不僅是作家，而是深刻的思想者，作品中都有一般作家難以企及的思想深度。對於同一個問題，魯迅比同時代的作家、思想家總是看得深一層。「五四」的新文化先驅者，都看到禮教「吃人」，魯迅也看到了，但他多看到了兩個層面，一是「我亦吃人」，二是「自食」，自己吃自己。《狂人日記》中的主角就說「我也吃妹妹的肉」，在無意中進入了吃人的「共犯結構」。自食，則是自我撲滅。阿Q就是自我撲滅，自我扼殺的典型。當時的思想者，如李大釗等，只看到中國的制度問題，以為制度一旦得到「根本解決」，其他的都會迎刃而解，而魯迅還看到「文化」問題，特別是深層文化問題，即國民性問題。他看到國民性不改變，什麼好制度進來都會變形變質。事實證明魯迅的見解是對的。

高行健也是如此。「六四」的學生逃亡者和一些知識分子都認為，只要能從政治陰影中逃亡，便萬事大吉。高行健則想到，人最難的是從「自我的地獄」中逃亡。人最難衝破的是自我的地獄，無論走到哪一個天涯海角，自我的地獄都會跟隨著你。高行健劇本《逃亡》，表述的正是這一哲學主題，但被誤認為是「政治戲」，其實，這是很深刻的哲學戲。

## 三

魯迅和高行健是兩種完全不同的精神類型。簡要地說，魯迅是入世的，救世的，戰鬥的，熱烈擁抱社會與熱烈擁抱是非的；而高行健則是避世的，自救的，逃亡的，抽離社會與冷觀社會的。

魯迅在他發表的第一篇白話小說《狂人日記》的結尾，就發出「救救孩子」的吶喊，之後，他又宣告要為青年肩住「黑暗的閘門」。魯迅的人生邏輯，用他自己的語言表述是「能殺才能生」的邏輯。所以他反對籠統地說「文人相輕」，認定文人之間的爭論不是「相輕」，其中有大是大非。而且認為知識分子應當熱烈擁抱是非，他甚至主張要「黨同伐異」，要「以牙還牙」，要報復，一個也不能寬恕。不管是二〇年代中期說「費厄潑賴應當緩行」，「痛打落水狗」，還是三〇年代中期臨終之前說「損著別人的牙眼，卻反對報復，主張寬容的人，萬勿和他接近」，其邏輯是一貫的。魯迅是近代中華民族苦悶的總象徵，他最愛中國人，又最恨中國人，總是哀其不幸，怒其不爭，其深邃的「愛」不得不通過「恨」的形式來表達，只好「橫眉冷對千夫指」了。

與魯迅的「橫眉冷對」不同，高行健的特點卻是「低眉冷觀」。他高舉「逃亡」的旗幟，拒絕政治投入。他從政治中逃亡，從集團的戰車中逃亡，從「主義」中逃亡，最後又從市場中逃亡。他的逃亡，不是政治反叛，而是自救，也可以說，逃亡不是一種政治行為，而是一種美學行為，一種人生態度，一種從現實政治關係和其他各種利益關係的網絡中抽離出來的生命大書寫，簡單地說，是一種冷觀現實的超然態度。所以他不是魯迅式的熱烈擁抱是非，而是以中性的眼光冷觀是非。從《車站》開始，他就逃亡，劇中主角「沉默的人」就是第一個逃出是非糾纏的人，以後，《彼岸》的主人翁拒絕充當領袖，走出公眾意志，也是逃亡。甚至可以說，《靈山》就是一部逃亡書，一部精神越獄書。

魯迅與高行健不同的精神取向，可以從他們崇尚的人物和筆下人物看得十分清楚。魯迅不喜歡莊子，他的《起死》（《故事新編》）嘲弄了莊子的無是非觀，而高行健則喜歡莊子的自然文化。魯迅批判「隱士」，高行健則尊崇隱逸文化。魯迅以《鑄劍》裡的宴之敖（黑衣人）表達了他的人格精神，特別是復仇精神，這是一種無情廝殺最後同歸於盡的猛士鬥士精神。而高行健則以他的戲劇《八月雪》，宣導禪宗六祖慧能的精神與人格。慧能與基督不同，他不是救世，而是自救。他對政治權力，對社會人生看得那麼透。作為宗教領袖，他拒絕偶像崇拜。當他名滿天下之後，唐中宗和武則天要請他進京當太師，而且派了將軍薛簡來逼迫，但他軟硬不吃，完全不在乎什麼皇恩浩蕩，完全看透權力把戲，知道一旦進入宮廷便要付出獨立思考的代價，所以就拒絕進入權力框架。最後，他把禪宗傳宗接代的衣缽也打碎廢棄，不要這種教門的權力象徵，以免以後為正宗、邪宗而爭鬥。慧能的精神在《八月雪》中表現出力透金剛的力度。如果說，《鑄劍》中的黑衣人表現出來的是「廝殺」、戰鬥的力度，那麼，《八月雪》中的慧能，表現出來的則是拒絕的力度，看破的力度，放下的力度，守持自由的堅定不移的力度，中國佛教史上，多少寺廟都因為皇帝的賜字賜號而歡呼，唯有慧能看得那麼透，這不能不說是一種精神奇觀。如果說，黑衣人宴之敖是魯迅的人格化身。那麼，慧能則是高行健的人格化身。這兩個化身形象，映射出兩種非常不同的精神類型。

這裡應當指出的是，人們往往誤以為，魯迅有社會關懷，而高行健則沒有。這是極大的誤解。其實他們都有關懷，只是從不同層面去關懷而已。高行健不像魯迅那樣，直接投身社會鬥爭，從政治或半政治層次上切入現實關係，而是在從政治中抽身之後，從更高的精神層面去關懷人類的生存困境和自身的人性困境與心靈困境。

## 四

與上述兩種不同精神類型相對應，魯迅和高行健又形成兩種不同的文學形態：熱文學與冷文學。

魯迅是一種典型的熱文學。《吶喊》、《熱風》、《鑄劍》，連名稱都是熾熱的，魯迅把自己的雜文稱作「匕首與投槍」，稱作「感應的神經」、「攻守的手足」，當然是熱的。即使是前期的小說，其基調也是批判的，抗爭的，感憤的。

高行健則拒絕作魯迅式的批判者、反叛者、裁決者。作為一個作家，他給自己的定位是觀察者、審美者、呈現者。他的所謂「冷」，不是冷漠，而是冷觀。他的作品的詩意不是來自莎士比亞、歌德式的激情，而是來自卡夫卡式的冷觀。卡夫卡才是高行健的出發點。不了解卡夫卡，就沒有辦法了解高行健的《夜遊神》、《叩問死亡》等荒誕戲劇，就不可能進入高行健的深層世界。他的《一個人的聖經》寫的文化大革命，是黑暗的年代，是混亂的現實，但寫得很有詩意，其關鍵就在於它不是訴諸譴責控訴，也不是訴諸悲情，而是冷靜地呈現。詩意來自低眉冷觀。這與魯迅的詩意源泉——戰鬥激情，差別很大。在說明高行健文學的詩意源泉時，特別應當強調的是高行健發現了內部主體三重性，即人的內心中你、我、他三座標，尤其是他，這是一雙具有觀察自我的中性眼睛。有了這雙審視自我、評述自我的眼睛，便有冷靜。可以說，到了高行健，中國現代文學的政治浪漫和文學浪漫才有了一個句號，一個終點。

每一個傑出作家都是一種很奇特的「異象」，並非什麼「歷史必然」，中國現代文學出現一個「熱烈擁抱是非」的作家之後，又出一個拒絕擁抱是非但也非常傑出的作家，這完全是歷史的偶然。高行健選擇一種和魯迅完全不同存在方式和寫作方式，卻在不同程度上反映中國現代知識分子和現代作家巨大的精神變遷。研究這種變遷，將是一個很有趣的課題。

（在台灣清華大學台灣文學研究所和菲律賓亞洲華人作家協會上的演講稿）

發表於香港《文學評論》二〇〇五年創刊號

# 從中國土地出發的普世性大鵬

## ——在法國普羅旺斯大學高行健國際討論會上的發言

《明報月刊》編者按：今年一月二十八日至三十日，法國普羅旺斯大學舉行高行健國際學術研討會，來自世界各地的三十多位學者、作家和翻譯家討論了高行健的普世性寫作方式和嶄新的審美經驗：本刊率先發表劉再復於此次研討會的發言，他在發言中說：「高行健在文學、戲劇史上是一個高舉逃亡和自救旗幟、拒絕政治投入而獲得巨大成功的作家，他創造了既冷觀世界又冷觀自身的醒觀美學，其創作出發點不是莎士比亞的人文激情和歌德的浪漫激情，而是卡夫卡的現代意識。」

此次我到法國參加普羅旺斯大學主辦的高行健國際學術研討會，給會議帶來一份禮物，就是台灣聯經出版公司剛出版的《高行健論》。我非常敬重的馬悅然教授特為這本書作了序言。關於高行健的許多評價，我在這部著作裡都說了。今天我不想用書中現成的文章發言，只想用中國文化中一個著名意象來探討高行健的精神之路。

## 如同大鵬一樣的精神生命

這個意象就是莊子〈逍遙遊〉中的大鵬。莊子描述說：「鵬之徙於南冥也，水擊三千里，摶扶搖而上者九萬里」，是一種自由自在雲遊於天地之間的奇鷹。高行健在馬賽市的畫展中，創作兩幅長達六十米的水墨大畫，命名為〈逍遙鳥〉，表現的也正是這種大意象。所謂逍遙，就是得大自在。這不是居高臨下的傲慢，而是一種超越世俗限定的無限精神自由。莊子在〈逍遙遊〉中說，對於這種大鵬，地上無數的鳴蟬（莊子稱之為「（蜩）」）和斑鳩（莊子稱之為「學鳩」）等處於「小知」境地的生命很難理解牠。高行健就是這樣一隻大鵬。這是從中國文化的母體中誕生、但又超越母體的普世性大鵬。高行健獲得諾貝爾文學獎後，中國的權勢者和文化界的上上下下（包括海外某些中國的論者）無法面對他和他的作品、思想，無法面對一種衝破一切羅網的自由精神存在，甚至連高行健的中國血緣和文化血脈也無法面對而乾脆否認他是中國人。因為一旦面對這種精神存在，一切鳴蟬、斑鳩式的蒼白、淺薄、平庸、浮躁、勢利等就會暴露無遺，一切鎖鏈、羅網、招牌、主義、專制也就會被拋得更遠。總之，高行健的書至今還被中國大陸嚴格查禁，他的故國與同行還不敢面對他。「為什麼不敢面對高行健」是一個值得研究的當代精神現象。

大鵬的精神特點是以贏得身心大解放為最高目的而不斷突圍、飛升、向宇宙境界貼近。高行健正是這樣一種精神生命，他的人生與創作特點就是不斷地走出、逃出、飛出各種意義上的精神牢獄，即人為設置的各種限定。他的小說代表作《靈山》，可以說是尋找靈山的過程，也可以說是一個精神囚徒進行精神越獄的過程。這是一部精神逃亡書、精神逍遙書、精神飛升書。二十多年來他都在尋找靈山，那麼，找到了靈山沒有？他的作品沒有直接回答，但我們通讀他的作品後，可說他沒有找到，也可說找到了。靈山不在身外而在身內；靈山不在縹緲雲水處，而在人的靈魂核心處；靈山是靜觀世界和自身的那一雙清醒的眼睛，又是《一個人的聖經》最後一節中所說的生命深處的那一脈長久不滅的幽光。而精神的越獄，則是一重又一重，最後也最難超越的是自我的地獄。高行健創造的獨一無二的個體「聖經」，宣布的真理是人的最真實、最有效的拯救方式，乃「自救」的方式，這是區別於基督教「救世」體系的方式，也正是禪宗式的仰仗自身內在力量去爭得自由、爭得當下充分生活、充分表述的方式。

高行健的精神歷程與方式，倘若用學術的語言來描述，則可以說，在二十世紀的八、九〇年代整整二十年裡，高行健開始如被囚禁的大鵬，之後便一再從牢籠中「逃亡」，在當代的中國作家、世界作家中，他是一個高舉逃亡和自救旗幟、拒絕政治投入而獲得巨大成功的特異作家。不僅逃出政治陰影，而且逃出影響創作大自由的各種思想框架與精神理念。我在《高行健論》裡具體地說明了他走出中國當代作家很難走出的三種框架：第一，「持不同政見」的理念框架；第二，「中國背景與中國情結」的問題與心理框架；第三，以漢語為寫作主要工具，又超越「漢文字單語寫作」的文字語言框架。走出這三個框架，面對所有人的問題（不僅是中國問題）寫作，這就是普世性寫作。在這種寫作方式的實踐中，他又飛越出幾個難以飛出的精神障礙，可稱為深層的精神越獄。

## 超越精神障礙的個體醒觀美學

第一層是對籠罩一切政治意識形態的超越。一九九六年，我為香港天地圖書公司主編「文學中國」叢書，高行健交給我的集子，命名為《沒有主義》。這一書名的四個字，是他的核心思想命題，也是他告別意識形態的宣言。集子的根本思想是：審美大於意識形態。而對意識形態的告別即意味著對審美和活人狀態的回歸。《逃亡》（一九九〇）劇本的「中年人」說：「我什麼主義也不是……我只是一個活人。」所謂活人，關鍵是活的靈魂。高行健的內功，是一種靈魂的內功。有人奇怪他的水墨畫只有黑白兩色，怎麼也贏得那麼高的成就，這裡的秘密正是靈魂內功的審美提升。他不是用被政治意識形態所浸染的肉眼、俗眼看世界萬物，而是用赤子靈魂的天眼、道眼去直觀見性，也就是用禪的眼睛去觀看一切，既冷觀世界也冷觀自身。因此，他的畫，不是色，而是空；不是物相，而是心相。他的文學作品即使是觸及醜惡現實的作品（如《一個人的聖經》），也充滿詩意，就是因為他不是去表現不同政見或去控訴現實，而是站在現實的上空靜觀這種現實，呈現的是現實中最真實的生命景觀。

第二層是對「人權」與「人民大眾」這類空話的超越。「人權」、「大眾」，這當然是美好的概念，但是當今西方政治機構和媒體雖然打著人權的旗幟，卻把一切都納入市場。全球經濟一體化鋪天蓋地的潮流，連民族性都加以消解，何況個性？不能充分確認個體生命價值，肉身與靈魂都成了交易品和拍賣品，那還有什麼人權可言？高行健堅定地走出市場，從不做市場的俘虜，捍衛的正是自身的人權，即靈魂主權。與此相關，他也不做大眾的俘虜，他意識到這個時代不是作家的時代，而是大眾的時代，大量作家的所謂作品，其實是大眾的消費品。高行健拒絕為社會消費需要而寫作，也拒絕充當中國作家喜歡扮演的「人民大眾代言人」的角色，不做大眾意志的代表者。他在十九年前創作的戲劇《彼岸》，就宣布他既不做芸芸眾生的對立面，也不做芸芸眾生的同盟者，更不去充當大眾的領袖。政治要求平均數（選票就是一個平均數），大眾也要求平均數，領袖只能服從平均數。而文學藝術最怕的恰恰是這種導致平庸的平均數。思想者與寫作者一旦降低到平均數的水準，就只能變成一個煽動家而喪失個性。作家具有的情懷，不是對大眾口味的迎合，也不是居高臨下的同情，而是個人對自身和世界的清醒意識。這種意識既是審美，又是人對生命主權的最高認識。活著的意義正從這裡派生。第三層是對尼采超人理念和相關的救世神話的超越。高行健不迎合大眾，這點與尼采相通，但他的不迎合是大鵬似的天馬行空，而不是自我膨脹與誇大，因此他又超越尼采。關於這點，高行健從各種角度一再表述。尼采宣布「上帝已死」，給藝術家帶來一個可怕的後果：人失去了謙卑而無限制地自我誇張，以至把人誇大為神。從政治到藝術，二十世紀都在不斷革命、造神、製造虛假的救世神話和烏托邦幻相。然而，所有的革命者一旦建立政權，都變成了暴君。這種時代潮流造成人的狂妄症，使無數的作家、藝術家、教授都生活在幻覺之中，從而丟掉對人性的清醒認識，直接影響了文學藝術。高行健稱自己的文學是冷文學。這種「冷」，就是拒絕尼采式的浪漫，而用卡夫卡式的冷眼靜觀人和審視人，這便是高行健的超越視角。

## 創造當代的「脆弱人」形象

如果說，上述第一二層超越是回到活人和回到充分把握個體的生命價值的話，那麼第三層超越則是回到「脆弱的人」內心的真實。高行健的《生死界》、《對話與反詰》、《夜遊神》、《周末四重奏》劇作中的人都是脆弱者，都免除不了空虛、孤獨、寂寞和恐懼。《一個人的聖經》裡的恐懼感寫得特別好，主人公的脆弱又寫得格外真實。文學史上，有許多精采的「英雄」形象，也有不少「多餘人」形象，而高行健卻創造出當代的「脆弱人」形象，這是一種在時代大潮流中無力、無助，無以立足、無處藏身的脆弱人，然而卻是最真實的人。在文學史上，二十世紀初的卡夫卡帶給文學基調一個巨大的轉折——從抒情、浪漫基調走向荒誕的基調，從而開闢了人類文學的新時代。高行健的創作，不是從歌德、雨果的浪漫激情出發，也不是從莎士比亞的人文激情出發，而是從卡夫卡的現代意識出發。因此，他完全告別了大寫的人、英雄式的人，而還以現代人的脆弱、混沌並寫出其悲劇性、荒誕性的人生。他不僅像卡夫卡那樣冷靜地直觀世界，而且超越卡夫卡而進入形象內部，冷靜地「觀自在」，從而創造出一種新型的醒觀美學。

高行健精神上的獨特，使他在審美形式上突破許多既定的寫作模式與成規。最明顯的也是大家所熟知的，是他的《靈山》以人稱代替人物，以心理節奏代替人物性格的新文體。今天我要特別說明，高行健在戲劇上創造了一種難度極大的心靈狀態戲。心靈狀態不僅難以捕捉，而且是看不見。把這種不可視的生命景觀呈現於舞台難度極大，但高行健突破這種難點，把不可視變為可視、可動作、可呈現的舞台意象，這不能不說是人類戲劇史上的一種巨大的首創。關於這點，我在《高行健論》中已有表述，此處特別要說明的是，他的文學藝術創造與他對人本身有一個獨特的發現和把握有關。

## 超越二元，發現主體的三重性

上世紀八〇年代我發表了《論人物性格二重組合原理》，講的是「二」，即二元對立與二元互動；後來又發表《論文學主體性》，也還是主客的二元對立與互動。高行健則發現「三」，發現主體三重性，即人具有三個座標而不是兩個座標，主體內部具有三重關係而不是兩重關係，從二維擴大到三維。他發現世界上的一切語言都是「你」、「我」、「他」三個人稱，主體都具三重性。老子說：「一生二，二生三，三生萬物」，這個「三」便派生出萬物萬相。老子雖也談「三」，但這是純粹形而上的「三」，並非主體生命內部的三個座標。佛洛依德也發現「三」，自我被分解為本我、自我，超我，但是，佛洛依德的「三」只是靜態分析（頭腦對心理的分析），這種分析如何通過審美形式進行文學與藝術的表達是一件極難的事。高行健的天才，便是把以往哲學家頭腦中的「三」，變成生命的「三」和藝術的「三」，而闖出一套新文體。這裡的關鍵是高行健在發現主體的三個座標之後，又抓住「人生」這個仲介，把抽象之我變成血肉之我，把邏輯分析中的主體變成活生生的歌哭言笑的主體。一旦抓住「人生」，就找到本我、自我、超我的人性落腳點，就找到展示生命狀態的另一片廣闊天地。也就是說，哲學思辨與頭腦分析就變成生命實在的感受和文學的感性物件了。對主體（人）的認識，其前提是「一分為二」還是「一分為三」，很不一樣。以「三」為起點，對人進行三維呈現，這不是玩玩人稱的寫作手法問題，而是包含著對人的一種根本的認識。這種認識運用於小說，產生了《靈山》，使《靈山》成為呈現三維生命內宇宙的傑作；運用於戲劇，則從戲劇內部建立新的角色形象和三重性戲劇關係。如果說斯坦尼斯拉夫斯基（Konstantin Stanislavski）的戲劇是演員與角色等同的「合二為一」，如果說布萊希特（Bertolt Brecht）是演員與角色不相等的「一分為二」；那麼，高行健的戲劇則是「一分為三」和「合三為一」。所謂「演員」在觀眾面前呈現「角色」，表演者首先經過淨化自我，進入到中性演員的狀態，然後再扮演或呈現角色。演員不代表也不體驗角色，只是在觀眾面前敘述、呈現角色。高行健通過這種方式，既從戲劇內部尋找新的可能性，也從戲劇內部建立新的角色形象。總之，高行健已為人類文學與戲劇提供了嶄新的、豐富的審美經驗，不僅創造出新的文體，而且創造出新的美學。嚴格地說，對高行健的研究才剛開始。

高行健從中國土地出發，已經飛向很高很遠的萬里天空，但他已不孤獨，今天我們正在面對著他，世界也在面對著他，我相信他的故國總有一天也會熱烈地面對著他。

二〇〇五年一月十日於美國科羅拉多大學

# 高行健的又一番人生旅程

高行健於二〇〇〇年獲諾貝爾文學獎。儘管抹黑攻擊者有之，但無法否認，這是突破，是首創，是里程碑。所以余英時先生引用蘇東坡的詩句並改動了三個字祝賀他：「滄海何曾斷地脈，白袍今已破天荒！」一貼切極了。高行健真的是破了天荒，為漢語寫作爭得巨大的光榮。聽說，諾貝爾獎是休止符，獲獎後再也難以前行。可是，高行健又破了這個符咒，他以令人難以置信的精神，繼續全方位展開他的試驗性創造。十四年來，他戰勝了疾病（兩次緊急住院，兩次大手術），竟然又作出一番驚人的成就。我佩服獲獎前的高行健，更佩服獲獎後的高行健。我慶幸自己三十年前就跟蹤他的足跡，並從中獲得啟迪與力量。每次與東方友人講起高行健的故事，我總愛說，他竟像莫里哀也暈倒在舞台，寫劇本還要自當導演，太累了。這回他再次東臨香港，我便想藉此機會介紹一下他獲獎後的又一番人生旅程。

## 自編自導創作不輟

二〇〇一至〇三年法國馬賽市舉辦了「高行健年」。他自編自導的大型歌劇《八月雪》，請旅法華人音樂家許舒亞作曲，由台灣國家戲劇院和馬賽歌劇院聯合制作，在台北和馬賽公演。二〇〇五年我有幸在馬賽觀賞演出，親眼看到法國觀眾一次次起立歡呼鼓掌，並知道場外一票難求，等著下一場演出。他用法語寫的劇作《叩問死亡》由自己導演在馬賽體育館劇場公演，同樣場場爆滿。他的畫展「逍遙如鳥」在馬賽老修道院博物館展出，黑白兩個大廳，十七幅在畫布上的巨大水墨新作，兩米半高，總長度達六十米，其壯觀令人興歎。此外，他還自編自導自演拍攝了自己的第一部電影《側影或影子》。同時期，普羅旺斯大學舉辦了他的國際研討會，由杜特萊教授編成文集出版。該校圖書館還建立了「高行健資料與研究中心」。此次研討會，我也參加了，並結識了杜特萊教授夫婦。

這年他剛六十歲出頭，仍然是個「拚命三郎」。我們每次通電話，我都要警告他別太玩命，但他還是依然故我。第二年（二〇〇四）他終於病倒了，做了兩次大手術。二〇〇五年我到巴黎看他。除了特製的白米飯和蔬菜，他什麼也不能吃。返美後我告訴李澤厚，澤厚兄說：「我要是什麼都不能吃，就自殺。」但是，高行健吃著最簡單的食品，卻照樣情思奔湧，照樣創造奇觀。二〇〇六年我到台灣（中央大學與東海大學）時就聽說，台大學生正在電視屏幕前傾聽高行健的「文學四講」：〈作家的位置〉、〈小說的藝術〉、〈戲劇的潛能〉、〈藝術家美學〉。每講都很長、很精采。

過了一年多，我和他又在香港相逢。那是二〇〇八年法國駐香港澳門總領事館和香港中文大學聯合主辦的「高行健藝術節」，還舉行關於他的國際研討會，放映他的歌劇和電影，上演他的《山海經傳》（蔡錫昌導演）。香港藝倡畫廊則舉辦他的畫展，中文大學圖書館同時舉辦「高行健：文學與藝術」特藏展。中文大學和《明報月刊》還分別舉行兩場講座：一場是他獨自講述有限與無限，創作美學，一場是他和我的對話「走出二十世紀」。對談中我再次感受他的思想愈來愈活潑，活潑到讓我暗暗震驚。

二〇一〇年初，高行健七十歲誕辰時，英國倫敦大學亞非學院舉辦「高行健的創作思想研討會」（有關論文已由詩人楊煉編輯成《逍遙如鳥》在台北聯經出版），我也禁不住內心的翻騰，寫了〈當代世界文學中天才異象〉，概說高行健的卓越成就。

## 全方位藝術家當今罕有

第二年，我又參加了兩次高行健國際研討會。一次在韓國，一次在德國。在韓國國際論壇上，高行健發表了「意識形態與文學」專題演講。在高麗大學舉辦的「高行健：韓國與海外視角的交叉與溝通」國際學術研討會上，他倒沒說話，而我發表了「高行健給世界提供了什麼新思想」的論說綱要。講他面對的是真實的世界和真實的人性，提供的是最新鮮的思想。之後我們還一起到檀國大學演講。那幾天韓國國立劇場舉辦「高行健戲劇節」，上演了他的劇作《冥城》和《生死界》，還召開他的戲劇研討會。在此會上，我說在我心目中至少有四個高行健：小說家高行健、戲劇家高行健、畫家高行健和理論家高行健。同年，德國紐倫堡愛爾蘭根大學國際人文研究中心舉辦「高行健：自由、命運與文學」大型國際研討會，各國學者宣讀了二十七篇論文，還放映他的電影，舉辦他的畫展，之後又出版了研討會的論文集。我給研討會與論文集提供的綱要性論文題為〈高行健的自由原理〉。近日，此文被收入英文論文集中。在嚴肅的國際研討會場合，我說自己心目中有多個高行健，絕非妄言。應該說，當今世界很難見到像這樣全方位的作家藝術家，不僅身兼小說家、劇作家，還當詩人、電影導演和畫家，不只創作，還有思想理論著述。

十四年來，他新的法文劇作《叩問死亡》和法文詩劇《夜間行歌》以及法文詩畫集《逍遙如鳥》相繼出版了，這些作品他也都重新寫成中文本在台灣出版。二〇一一年台灣聯經出版公司出版了他的第一部詩集《遊神與玄思》，其中大部分是近年的新作，我為這部詩集作序，不僅先睹為快，而且感受到行健詩「響應時代困局」、「回應真實世界」的特色。既非無病呻吟，也非無端吶喊，更非玩語言，玩技巧。而他的四部思想新論著：《另一種美學》、《論創作》、《論戲劇》（與方梓勳合著）和《自由與文學》，則提供當下世界最清醒的美學觀和文學藝術觀。我很高興能為其中的兩書作序。寫序文時，我才真切地感到，這四本新的思想理論著述延續了九〇年代初他那本《沒有主義》的思路，也即超越政治功利和意識形態的框架，進而又闡述了現時代人的生存條件與困境，對作家藝術家在現實社會中的位置，也提供了清醒的判斷，從而告別二十世紀的那些主流思潮，也不理會市場的炒作與所謂時尚，提出了許多發人深省的思考。迄今為止，全世界出版的高著各種語言譯本和對他的研究專著已多達三百二十多種。

高行健的劇作不僅演遍歐洲各國，亞洲的日本、台灣、香港、新加坡和澳大利亞，不斷上演，從北美的加拿大到南美的墨西哥和玻利維亞與秘魯，乃至非洲的多哥都演過他的戲，且不說高行健不僅導演了大型歌劇《八月雪》和五部劇作《彼岸》、《對話與反詰》、《生死界》、《叩問死亡》和《周末四重奏》，且不說美國不少大學的戲劇系與法國的一些戲劇學校把他的戲納入教學劇目。據不完全的記載，至今已有上百部戲劇製作（演出的場次則無法統計），當今世界還健在的劇作家之中恐怕難得有這番幸運。

## 畫作八方放彩

他的畫展至今已舉辦超過九十次，其中八十次是個人展，從歐洲展到亞洲，乃至於美國，出版了三十四本畫冊。然而，在中國卻只有一次非正式的展出，這還是上世紀八〇年代中期，北京人民藝術劇院上演《野人》之際，他同從貴州請來做民俗面具的草根藝術家尹光中合作，做了一次純然民間的雙人繪畫與砂陶面具展。而在海外，他的畫作則八方放彩。第一次大型個人回顧展，在法國戲劇節的勝地亞維農這著名的中世紀的大主教宮，由該市的市政府主辦（同時，亞維農戲劇節還演出了他的《生死界》、《對話與反詰》以及由他的諾獎演說辭〈文學的理由〉改編的朗誦性劇本）。法國的弗拉馬利永出版社則同時出版了他的藝術論著與畫冊《另一種美學》，這本畫冊很快由美國最大的哈普克林出版社和義大利最大的黑佐利出版社出版了該書的英文和義大利文譯本。從此他的畫作在歐洲、亞洲和美國許多美術館頻頻展出。書寫至此，我真想再翻閱一遍身邊的那一疊高氏畫冊。

我還想告訴讀者朋友，這十來年，他還編導了鮮為大眾所知的三部詩性電影，《側影或影子》、《洪荒之後》和新近的《美的葬禮》，充分實現了他年輕時代所做的「電影詩」之夢。這些影片擺脫了電影通常的敘述模式，無故事情節可言，鏡頭的運用如同詩句一樣自由，給觀眾留下想像的餘地，很能激發人思考。這些影片當然不可能進入商業發行，然而就電影藝術而言，它卻提供了一種新的樣式和有意味的前景。

高行健的文學作品現今已有四十種語言的譯本，僅阿拉伯語就有三種不同的譯本，葡萄牙語有兩種而波斯文也有兩種。還有些鮮為人知的語種，如西班牙的卡達蘭文，法國的布列塔尼文和科西嘉文，都有他的譯本。他的長篇小說《靈山》已成為世界文學的現代經典。不僅美國的 Easton Press 出版了該書的羊皮燙金珍藏本，而且在法國的全民閱讀週裡，愛克斯市從圖書館到各大書店乃至街頭，一個星期內《靈山》的朗誦會不斷。前年，法國文化電台的《有聲好書》節目、從今年十月起將連續廣播全書，共八十一章。二〇〇五年，我在晚間八時半新聞節目後最好的時段，播放該書分章節的配音朗誦，一誦就是十五天。而香港巴黎高行健家中兩個星期，他寓所旁有間小房，專門收藏各種譯本，我進門便如見至寶，一本一本抽出來玩賞並問行健，小筆記本也作了紀錄。

## 高行健的三生

高行健不止一次說過，他「三生有幸」。第一生，從一九四〇年出生於抗日戰爭時期，隨父母逃難。日後長大成人，父母雙亡，又不斷逃離寫作招致的政治壓迫，而終於作為政治難民在巴黎定居，以《逃亡》一劇結束了第一生。第二生，作為法國公民，同時用中文和法文雙語自由寫作，寫了五個法文劇本，並身兼法國作家和漢語寫作作家赴瑞典斯德哥爾摩接受諾貝爾文學獎，法國文化部長也專程出席瑞典國王的授獎儀式，法國大使為此舉辦了配上樂隊的盛大晚宴。之後，法國席哈克總統又在總統府舉辦榮譽軍團授獎儀式，第二次授予高行健騎士勳章。中國大陸拋棄他，法國則熱烈擁抱他。此外，他還相繼獲得義大利費羅尼亞文學獎、義大利米蘭藝術節特別致敬獎、美國終身成就學院金盤獎、美國紐約公共圖書館雄獅獎、盧森堡歐洲貢獻金獎和法國文藝復興金質獎章。他的第三生，從此自認世界公民，而且打破作家藝術家的職業藩籬，從事跨領域的文學藝術創作。他諸多的創作與思想，已經大大超越所謂中國情緒和中國語境。他本人也不理會所謂「認同」，不管是地域國家認同還是民族文化認同。他強調的恰恰相反，是作家藝術家個人在全球化的現時代獨特的認知和表述。但他同時又反對割斷傳統，不管是東方還是西方的傳統，他都一概視為人類的精神財富。他還不斷嘲弄尼采的「超人」和膨脹的「自我」，不認為個人能夠擔當改造世界的「救世主」，但又並非虛無主義，相反，他相信人可以認知世界。他的創作思想已經引起東西方學者的注意，但是，應該說，對他的研究才剛剛開始。關於這一判斷，我和潘耀明兄共同主編的「高行健研究叢書」序言，已經說過。

明年二月在布魯塞爾的比利時皇家美術館和伊克塞美術館將舉辦他迄今為止最大規模的個人畫展。皇家美術館將展出以「潛意識」為主題的巨型系列新作，另一家美術館將同時舉行他的大型回顧展，高行健可以說是一個工作狂，定居巴黎二十七年，還沒有過過暑假，甚至也不過週末，只要沒有來訪和出訪，總在工作。用他的話說，他總算把在中國浪費掉的大半生，找回來補回來了，沒有遺憾了。他在電話中這樣告訴我，今年夏天如果完成比利時系列，也算是給畫家的生涯劃個句號，明年就不再接受新的計畫，可以休息養老了。此次，我到科技大學，他也應科大人文學部之邀前來訪問。在此次相逢中，我將對他說：佛教觀止兩大法門，你的「觀」門已經圓滿，恐怕要進入「止」的法門了。

# 第二輯

# 走出二十世紀

## ——高行健《論創作》（明報出版社）序

一

二〇〇二年六月八日，高行健參加在愛爾蘭都柏林舉行的，由美國國際終身成就學院主辦的「世界高峰會議」，並接受由學院頒發的金盤獎。與高行健同時獲獎的有美國的前總統柯林頓、前國務卿季辛吉、愛爾蘭總理艾恆、阿富汗臨時總統卡薩、巴基斯坦前總理碧娜芝·布托，以及二〇〇〇年諾貝爾物理獎得主克洛瑪，和平獎得主、南韓總統金大中等。在頒獎儀式上處於人類社會尖峰的高行健，面對鮮花簇錦與媒體的鏡頭，他發表了題為「必要的孤獨」的演說。在最熱鬧的場合，他卻暢言孤獨，應該說與高峰會的基調很不和諧。然而，正是這篇演說，道破了他的「靈山」的真諦，這就是甘於孤獨；獨自站立於大地之上，面對宇宙人生，獨立不移發出個人的聲音。他告訴這些領袖和來自世界各國的青年菁英：孤獨使他獲得距離冷靜觀照世界，也審視自身；孤獨還使他獲得動力去征服困難和開拓事業——「孩子在獨處的時候才開始成人，一個人在獨處的時候才得以成年」（演講辭）。他說「成人」、「成年」，未說「成功」，而我要補充說：高行健的成功，是拒絕做潮流中人、風氣中人、市場中人，個人獨立不移的成功。高行健的人生和寫作狀態，以孤島般的獨處從個人出發，不僅沒有主義，而且沒有世俗的社會「歸屬」：無黨無派，沒有團體，沒有山頭，甚至沒有祖國，只有幾個天涯海角遙遙相望的朋友。在這些獲獎者之中，恐怕也只有他最明白，人一旦落入集體的歸屬，個人的自由便喪失了。而我覺得特別有意思的是，在獲得終身成就「金盤獎」的這些領袖們之中的高行健，恰恰拒絕充當領袖，這人早在二十多年前，就通過他的劇作《彼岸》表明了態度，孤獨的主人公「那人」既拒絕充當群眾的尾巴，也拒絕充當大眾的領袖。領袖人物，尤其是政治領袖總要去爭取多數，贏得大眾，而思想者卻注定只能是少數、異數，甚至時常是單數。高行健的那部《一個人的聖經》發出的正是這樣的聲音。他的這本新書《論創作》同樣如此，這部論著中收集的文章、演講和對談，都出自他獨特的聲音，發前人之未發，令人深省。

孤獨，從當下的個人出發，這是高行健的立身態度和寫作態度。與老人道主義者不同，他從不泛泛談論人道、人權和自由。他認為，這些漂亮的言詞如果不落實到個人，只不過是一番空話。人道的許諾說來容易，要真正贏得個人的自由卻極為艱難。個人的獨立自主，不能等待社會的賜予，只能自己去爭取，前提是個人不可被社會的功名貨利所誘惑。選擇功利，還是選擇自由，全取決於自己。個人有力量決定自己的命運，但人畢竟不是超人，因此作家又得放下種種妄念，對自身有清醒的意識。閱讀高行健的論著，首先得了解他立身處世的態度。

## 二

二〇〇一年高行健獲得諾貝爾文學獎後首次訪問香港，在城市大學的歡迎演講會上，張信剛校長讓我對行健作一評介。在評介中我特別指出一點，即人們只知道他是文學家，不知道他也是一個思想家。我從上世紀八〇年代初一直被他所吸引，就因為他很有思想。臺灣大學的胡耀恆教授說：高行健的戲劇是哲學家的戲劇。而我則一直認定高行健的戲劇是思想家的戲劇。《車站》中從等待的人群中走出來的那個「沉默的人」，不聲不響，逕自走了，而總也在等待，恰恰是人性致命的弱點；《彼岸》中拒絕眾人追隨的「那人」，不當帶頭羊，這在「發動群眾」、「依靠群眾」的語境中，可是空谷足音；在《逃亡》中的那個「中年人」不僅逃離政治迫害，也要逃出內心的煉獄，卻發現逃出心獄要比逃出牢獄更難；還有《山海經傳》中那個為拯救天下大眾而射日的羿，觸怒了天帝，貶到人間，之後反而被大眾亂棍打死；還有拒絕太后和皇帝詔令，不肯進入權力框架充當王者師去點綴宮廷的六祖慧能；高行健筆下的這些主人公全是作者人格的投影，他們都維護思想自由而獨立不移，他們都有一雙清明的眼睛和一種清醒的意識，又都是常人，卻在眾人的認同之外，甘當「檻外人」、「局外人」或「異鄉人」。高行健的美學思想和文學藝術理論，和他的戲劇主人公們具有同樣的品格：總站立在風氣、俗氣、潮流的彼岸。

獲獎之前，高行健的論著彙編於《沒有主義》書中（首版由香港天地圖書公司出版）。獲獎之後，他的身體雖然一度經歷危機，但思想仍然非常活潑，其美學思索也不斷深化。諾貝爾文學獎的巨大榮譽讓他忙乎了一陣之後，並沒有改變他的文學狀態。他依然故我，繼續遠離大眾，遠離政治，遠離媒體，遠離市場。他不僅遠離中國，甚至也疏遠巴黎的社交與時尚。只一味營造自己的精神世界。在世俗社會裡，他是一個超越國界的普世公民；在精神世界裡，他則沉浸在文學藝術的創作之中。《論創作》集子中的文章與談話，尤其是他在臺灣大學的四次錄影講座，其獨到的思想，真讓我驚歎不已。高行健在巴黎做這些錄影講座時，我正好在台中東海大學擔任講座教授，並作了一次全校性的〈高行健概論〉的演講。在研究生的課堂裡，我放映了高行健寄來的演講錄影，老師和同學們均非常欽佩。他們看到一種沒有教條味、沒有學者相，沒有理論腔，卻有的是真知灼見的思想。我雖然在二十年前就閱讀他的《小說創作技巧》之後又不斷讀到他的作品和論說，但是，聽了他的台大美學四講，還是心情難以平靜，讓我再次感到思想的力量美。除此之外，我還想到應當分清兩種不同的思想家，即哲學式的思想家與文學式的思想家。不只是柏拉圖、黑格爾、康德、海德格那種體系式的思想家。在人類文學史上，我相信，但丁、莎士比亞、歌德、杜思妥也夫斯基，他們也是思想家，近現代的易卜生、卡夫卡、貝克特同樣是思想家，中國的曹雪芹當然也是當之無愧的思想家。這些作家有思想，而且有哲學思想，但建立哲學家的體系不是用概念、邏輯、分析、論證思辨的方式，而是通過文學的見證與呈現，來表達對宇宙、世界、社會和人生的認知，將思想潛藏於作品中，由作品中的人物的言行而得以透露，因而也需要後人加以開掘與闡釋。高行健正是卡夫卡、貝克特式的思想家。而他的文論同思想與文學藝術相兼相融，有他獨特的開掘與闡釋。

三

高行健的文學與美學思想在二〇〇〇年獲得諾貝爾文學獎之前的表述，主要收集在《沒有主義》一書中。獲獎後又立即出版了《文學的理由》，進一步立論，更為扎實。現今這本《論創作》，思想和論述又進了一步，讓我再一次感到「新鮮」。尤其是他提出作家不以「社會批判」作為創作的前提，可以說是直指現當代文學的主流，這得有很大的理論勇氣。近一百多年來，一個先驗設置的烏托邦成了裁決是非和社會正義的標準，把文學也弄成了改造社會的工具。高行健卻毫不含糊丟開這個前提，拒絕充當人民和社會正義的代言人，也拒絕充當政治的鬥士和烈士，而只是作為社會的觀察家、歷史的見證人和人性的呈現者，對現時代的作家而言，這不能不說是立身處世和寫作態度的一個根本的轉變。

高行健揚棄了一個世紀以來中國知識界普遍接受的這種世界觀，是否就提出了一種新的世界觀？我不敢貿然斷論，但有一點卻是可以確定的，那就是他拒絕用先驗的理論框架來解釋或營造世界。他有一種深刻的懷疑，不相信這世界是可以改造的，也不相信人性可以改造，這種懷疑精神貫穿他的全部作品，從《靈山》到《叩問死亡》。他這本論文集則做出了充分的闡述。

## 四

《論創作》一書，內容廣泛而豐富，而全書的基調就是「走出二十世紀」。一九九六年李澤厚和我發表《告別革命》之後不久，高行健寫作《另一種美學》，也提出「告別藝術革命」的理念。上世紀九〇年代，他不斷和我說的是「走出政治陰影」、「走出噩夢」、「高舉逃亡的旗幟、拒絕政治投入」。二〇〇五年我和他多次重新觀覽羅浮宮。之後，我又到佛羅倫斯、威尼斯、梵蒂岡等處閱覽古典大藝術。回到巴黎，我們談論起歐洲藝術，他總是說：比起文藝復興和十八、九世紀的啟蒙思想及人文主義，二十世紀是藝術大倒退。從尼采到泛馬克思主義思潮，到後現代主義，其基本點是社會批判。顛覆前人則是這些思潮的基本策略。高行健對這些思潮，對以「現代性」為旗幟的二十世紀藝術思潮提出大懷疑。……現代性正是這樣的一個似乎不可違背的標準，否則就判定落伍或過時，否定的否定，從上一個世紀初的社會批判到六七〇年代對藝術自身的顛覆，進而為顛覆而顛覆，唯新是好，到了上一個世紀末，藝術消亡，變成作秀，變成家具設計和時裝廣告；對藝術觀念的不斷定義則變成言說，甚至弄成商品的陳列，正是這種歷史主義寫下的當代的藝術編年史。

從告別二十世紀的藝術革命開始，近十年來高行健形成了「走出二十世紀」的大思路，他面對的不僅是藝術，而且是被東西方知識分子普遍認同，形成「共識」和「通識」的一些主流思潮，至今還在東、西方課堂上與社會上廣泛流傳，諸如「革命是歷史的火車頭」，「徹底粉碎舊世界」，「作家是人民的喉舌，時代的鏡子」，「造就新人新世界」，「資本主義必然滅亡，社會主義必將在全世界贏得勝利」，「顛覆傳統」，「不斷革命」，「作者已死，『藝術的終結』」，「解構意義」，「零藝術」，如此等等，這些理念和思路，在高行健看來不是現代烏托邦的妄言，就是自我無限膨脹的臆語。而他講的清明意識，則是指作家得回到脆弱的個人，以一雙冷靜的目光既觀注人世，又內審自我，從二十世紀的意識形態的迷霧中走出來，發出個人真實的聲音，從而留下人類生存困境和人性的見證。

《論創作》的主要論題，都與「走出二十世紀」的大思路相關。他的臺大講座的第一講「作家的位置」，講的便是作家應當告別老角色，不可再用政治正確和身分認同來作為自己的通行證，不必再用政治話語取代文學話語，也不要用意識形態裁決取代審美判斷。二十世紀，作家的政治介入和文學的政治傾向，被視為理所當然，結果是把文學綁上政治戰車。而任何政治，也包括民主政治，都無法改變政治乃是權力運作和利益平衡這一基本性質。所謂持不同政見，也是一種意識形態，也無法擺脫現實的政治利害。文學只有超越一切政治，擺脫現實利益的牽制，摘除身上的各種政治標籤，發出人的真實的聲音，才能贏得自由。二十世紀無孔不入的政治製造了許多災難，也帶給作家一些幻象，許多作家自以為可以充當「先知」、「社會良心」、「人民代言人」，甚至以救世主自居。這種大角色在左翼作家和左翼知識分子中一度成為通識和文學公理。高行健卻拒絕充當這些大角色，堅持文學是個人的創造，認定文學活動是充分個人化的活動，守持個人的自由思想和獨立不移的文學立場，發出個人真實的聲音。而人類文學史上的一些偉大作家，恰恰不以此種大角色自居。他們的文學使命在於發出人的真實聲音，而非政治吶喊。高行健寫道：

什麼地方才能找到這真實的人的聲音？文學，只有文學才能說出政治不能說的或說不出的人生存的真相。十九世紀的現實主義作家巴爾札克和杜思妥也夫斯基，他們不充當救世主，不自認為人民的代言人，也不作為正義的化身，而正義何在？他們只陳述現實，沒有預設的意識形態去批判和裁決社會，或虛構一番理想的社會藍圖，恰恰是這樣超越政治超越意識形態的作品，提供了對人和社會的真實寫照，把人的生存困境和人性的複雜展示無遺，無論從認知還是審美的角度來看，都禁得起時間長久的考驗。

高行健的「走出二十世紀」，並不是什麼高調，更不企圖製造新的烏托邦和新的幻象，只不過返回巴爾札克和杜思妥也夫斯基，返回荷馬、但丁與莎士比亞，也即返回作家本來的角色和文學的本性。走筆至此，我想說，在我見到讀到的當代作家中，沒有一個像高行健對二十世紀文學藝術的這種時代病如此敏感，又如此尖銳地指出這病痛之所在。

## 五

在論說《紅樓夢》時，我曾說，凡是經典的文學作品，均是宏觀方向與微觀方向的雙重成功。既有史詩性的宏觀結構，又有細部的詩意描寫。高行健的代表作《靈山》及另一長篇

《一個人的聖經》皆具這種特點。而他的文學美學論著，也有這種宏、微兼備的優點。「走出二十世紀」，這是他的宏觀思路，而在這一大思路之下，則是他獨特的、具體的審美經驗和從這些經驗提升出來的創作美學、醒觀美學，也就是他自己所說的美的催生學，小說、戲劇和藝術的創作美學。我缺少創作實踐，所以特別羨慕他的藝術發現和藝術經驗，以及與所謂體系性理論大不相同的美學。我難以抵達的不是他已認識到的大思路，而是這些微觀美學的原創。

我的《放逐諸神》、《告別革命》與他的《沒有主義》相通，這是我能企及的，而他的「語言流」代替意識流的寫作實踐與繪畫創作達到的審美經驗，則不是我能表述的。就像《靈山》所涵蓋的禪宗文化、道家文化、民間文化、隱逸文化，我能把握，而以人稱代替人物並展示豐富的內心圖景和複雜的語際關係，是我望塵莫及的。至於他的劇作法和導演藝術以及關於表演的三重性及中性演員的表演方法，我更是止於理解。本書中〈小說的藝術〉、〈戲劇的潛能〉和〈藝術家的美學〉，沒有任何引經據典，不借用其他美學家的論點論據，完全是他自己審美經驗的概括與昇華，這真正是為美學長河引入新的水源。高行健在〈藝術家的美學〉中說：

> 這種美學區別於哲學家的美學，就在於直接推動藝術創作，是美的催生學。而哲學家

的美學則是對已經完成的藝術作品進行詮釋，面對的是已經實現了的美，再加以解說。哲學家不研究美是怎樣產生的，他們只是給美下定義，或者說，找出審美的標準，確立種種價值標準。而藝術家的美學倒過來，走一個完全不同的方向，研究的是美怎麼發生，發生的條件，又怎麼捕捉美並把它實現在藝術作品中。這就是藝術家的創作美學與哲學家的詮釋美學的重大區別。

## 六

用宏觀與微觀來加以分說，是我的評論語言，而對高行健而言，則是一種完整的、難以分殊的方法論。這種方法論既派生出反潮流的大思路，也幫助他創造出新的藝術形式。

上個世紀八〇年代，他的《現代小說技巧初探》，引發了一場全國性的小說美學論爭，其思路就不同尋常。作為思想與心靈完全相通的朋友，我們相互勉勵的首先是要變更思維方式，這也導致我後來宣導了文學研究方法論的改革和文學主體論的提出。無論在中國還是在西方，我都一再地聽到他對黑格爾的「辯論法」的尖銳的批評，對其「絕對精神」則絕然擯棄。他常說，所謂絕對理念不過是思想的終結，沒有人能擁有絕對真理，人類對世界與人自身的認知永遠也不可能窮盡。黑格爾的否定之否定，高行健認為這並非是自然的法則，辯證法也不過是一個簡單的模式，否定並不一定導致創造，而否定的否定並不一定走向更高的層次。認識本無一定的規律可循，只能認識，再認識；每一次新的認識都是去重新發現新的可能和機制。認識與再認識才是高行健的方法論，無論是對待大文化傳統，還是對小說、戲劇、繪畫的藝術形式的探索，他總是在已知的基礎上去找尋新的認識，從中發掘出新的契機與可能，找到新的技巧與表現。

他在台大作的《小說的藝術》與《戲劇的潛能》兩個講座，如果從方法論的角度去研讀，更會感受到他的這種開放性思維。高行健不承認「文學已死」、「繪畫已死」這種命題，相反在確認文學、戲劇、繪畫各種藝術形式的限定下去找尋再創造的可能，而不去「反小說」、「反戲劇」、「反繪畫」。對於二十世紀的藝術革命和顛覆傳統這一主流思潮，他恰恰反其道而行之。他牢牢把握各種藝術樣式最基本的限定，在有限的前提下去追求無限。他在小說和戲劇創作中以人稱代替人物；以語言流取代意識流；把人稱的轉化引入劇作法，提出確立中性演員身分的表演方法；以及在具象與抽象之間去發掘造型的新的方向和藝術表現，這些創作的實績都為他的創作美學奠定了基礎，進而推動他本人的創作，也肯定會啟發許多作家和藝術家。高行健的創作美學已經超越了二十世紀主流的意識形態，提示了一個十分有趣的新方向。

二〇〇八年二月　於美國科羅拉多

# 詩意的透徹

## ——高行健詩集《遊神與玄思》（聯經出版公司）序

十三年前，我讀了《一個人的聖經》打印稿時受到震撼，立即寫了一篇〈中國文學曙光何處〉，發表於香港《南華早報》，今天讀行健的詩集，尤其是讀了〈美的葬禮〉和〈遊神與玄思〉二首，又一次受到震撼。

行健的詩寫得不多。我出國後才讀到幾篇，每篇都有新鮮感。二十年前，讀了〈我說刺蝟〉現代歌謠之後，曾對行健說：「你應多寫一點詩，甚至可以寫一部長詩。」因為我覺得他已經創造了新詩的一種新文體，語言精闢，極為凝練，詩中蘊含獨到的思想，輕輕鬆鬆戲笑之間，顯露出對世界和人性深刻的認知，但又毫不費解，非常清晰，一讀就懂。

等待了二十年，這才在讀到他去年的〈遊神與玄思〉和今年的新作〈美的葬禮〉。這一次我所以再度受到震撼，是因為面對危機重重找不到出路的現今這時代，我霎時心明眼亮，得到一種啟迪，一番徹悟。興奮之餘，我對行健說：「你的詩，有一種詩意的透徹。」所謂透徹，乃是對世界和對人類生存環境認知的透徹。「透徹」與「朦朧」正相反，毫無遮蔽，暢快直言真切的感受。在當下一片渾濁的生存困境下，一個詩人或思想者究竟能做什麼？人倘若摒棄種種妄念的屏障而活在真實之中，又是否可能？讀了行健的詩集，我竟像讀到一部擁有真知灼見的思想論著，從困頓中翻然覺悟：

生命之於你
重又變得這般新鮮
還在這人世
縱情盡興
再一番馳騁
莫大的幸運！

確實如此，這正是〈遊神與玄思〉的開篇，全詩三十三節，詩人直抒胸臆，十分清醒，又多麼自在。人終有一死，剩下的時間不多，這有限的生命該怎樣活？怎樣面對這「紛紛擾擾」的世界？怎麼擺脫「隱形大手」「暗中撥弄」，從而贏得詩意的棲居？世界如此混沌，詩意棲居又是否可能？眾生如此紛擾，到處是陷阱，自由何在？詩人透徹了解當今的現實，並不絕望，就抓住上帝「放他一馬」的機會，在人世中縱情盡興，馳騁一番。行健在獲得諾貝爾文學獎之後，盛名之下承受各方的壓力，勞累不堪，大病之後居然康復。如今又是作畫，又是拍電影，又是寫詩，還又建構另一種美學，不拘一格試驗，尋找各種藝術形式再創造的可能，也包括新詩體的創造。這一切都是他透徹領悟世界之後的新成就。他的詩得大自由，正是這番馳騁極為有力的見證。

說起詩，應當承認一個基本事實：現代詩的讀者越來越少，影響越來越微弱。箇中原因很多，也許是這世界已被俗氣的潮流所覆蓋，缺少詩意；也許是因為金錢和市場霸占了全球，而政治的喧鬧又無孔不入，沒有詩的位置了；也許因為小說的文體更加貼近生活，更能滿足讀者日常的需求而擠壓了詩歌。但是從詩本身而言，有一原因恐怕是當代詩歌的一種致命傷，這就是沒有思想。換句話說，是詩人沒有足夠的智慧和思想回應當下人類生存的真實困境。我們眼前的世界現狀是：整個地球向物質傾斜，工具理性粉碎了傳統的價值觀，人正在蛻變成金錢動物。面對令人不知所措的現今世界，恰恰需要哲學的回應，也需要詩的回應。

二十世紀之中，艾略特的詩所以能獨樹一幟，乃是因為他及時地回應了人類的難堪處境，正如卡夫卡捕捉到世界的「荒誕」一樣，艾略特捕捉到了世界的「頹敗」。他發現繁華掩蓋下的「荒原」，給人間敲響了詩的警鐘。艾略特的發現，不在於語言的技巧和詩的朦朧，而在於他的思想的透徹。他沒有落入詞句的遊戲，而是緊緊抓住時代的病症，並對世界敲響了警鐘。然而，這近幾十年來的當代詩，不幸喪失了艾略特的真諦，落入了玩語言、玩技巧、玩辭章造句的迷魂陣之中，沒有思想，沒有感受，沒有切膚之痛，更沒有深刻的認知。語言技巧的遊戲無法掩蓋思想的蒼白。我們看到的一些中國詩人，也陷入這種詞句的遊戲，甚至言不知其所以，讓人不知道他們是否真有話要說，還是詞不達意，還是就沒有感受。（也沒有涵義）只見他們生吞活剝效仿翻譯的西方現代詩，自己的詩也近乎歐化的翻譯體，而最要命的是缺少對世界清醒的認識，自然也看不到他們對現時代人類生存困境必要的回應。

行健的詩和中國時行的詩歌基調毫不沾邊，與當今流行的詩歌範式也全然不同。我所以喜歡讀行健的詩而且受其震撼，就因為他的詩確實有思想，又有真切的感受。可以說，他的每一行詩，都在回應這時代的困局。他詩中說得很清楚：

啊，詩
並非語言的遊戲
思想
才是語言的要義

正因為他的詩回應了東西方人類普遍的生存困境，而且沒有一句空喊，沒有一句矯情，毫無矯揉造作，句句出於真情實感，所以令人止不住產生共鳴。如果說，艾略特捕捉到的是人類世界的「頹敗」，那麼，高行健捕捉到的則是人類現時代價值淪喪的「虛空」。這可是前所未有的大空虛，「一派虛無乃事物本相，只能拾點生活的碎片」（〈佳句偶得〉第二十四節）。人的精神被錢與權所替代，而人性變得日益貪婪，政治無窮盡的喧鬧，而市場無孔不入，連文化也變成謀利的工具。這一切乃是「真、善、美」價值大廈的倒塌。正是在這如此虛空的語境下，高行健推出〈美的葬禮〉。這首長詩開篇便叩問：

你是否知道美已經消逝？
你是否知道美已經死亡？
你是否知道美已經葬送掉？

跟隨這發人深省的叩問，「現如今滿世界／目光所及鋪天蓋地／處處是廣告／恰如病毒無孔不入／每一分每一秒／只要一打開電腦／堵都堵不住！／再不就是政治的喧鬧／黨爭和選票／而八卦氾濫／媚俗加無聊／唯獨美卻成了禁忌／無聲無息／了無蹤跡／你還無法知道誰幹的勾當／光天化日之下好生猖狂／美就這樣扼殺了／湮滅了了結了／真令人憂傷！」

可以說，句句切中這時代的病痛。

精神的貧困滿世界瀰漫
這人世越來越嘈雜
人心卻一片荒涼

當今世界缺少詩意，而高行健的詩卻布滿詩意。這種詩意既來自他對世界的清明意識，也來自他對這世界日趨虛空深深的憂傷。認知是深刻的，憂傷也是深刻的。現今的政治都變成追逐權力的遊戲，「正義」成了應時的空話，一切都被納入市場，人性的貪婪變得如此猖狂，人間愈來愈像個大賭場——戰爭時期是屠場，和平時代是賭場。可是誰也救不了世界，文明的歐洲連「救市」都救不了，還有什麼能耐「救世」？世界難以拯救，人性難以改造。對於這人世的虛空，高行健看得極為清楚，因此也深深悲傷。這憂傷，便是關懷。有人說，高行健的「冷文學」缺少社會關懷，殊不知這憂傷悲天憫人，正是大關懷。這是禪宗慧能式的關懷，行健不唱救世的高調，卻也從不避世，他冷靜審視世界，又用文學見證這個世界，在冷觀中呼喚良知，在見證中寄託希望，其詩意就在冷觀與見證之中。

高行健因為法文好，很早就是介紹西方文化的先鋒，這是人們知道的，但少有人知道，行健的中國文化底蘊也非常深厚，不僅對儒、道、禪都有自己的一套見解，而且對中國古詩詞很有研究。他寫的詩並不仿效西方的現代詩，而是繼承中國古詩詞的明晰和可吟可誦的樂感。樂是一切文學的發端，更是中國文學的發端。中國的「詞」本就是可配樂的詩，漢語的四聲語調與節奏，天生具有音樂感。行健的詩一方面富有思想，一方面又富有內在情韻和外在音韻，朗誦起來琅琅上口。他不把功夫用在辭彩的炫耀上，不故弄玄虛，而是言內心的真實之言，可以吟唱。讀了他的《靈山》，覺得他是精神流浪漢，讀他的詩集，則覺得他是個行吟的思想家。詩中有思想，思想中有詩。正如王維：「詩中有畫，畫中有詩。」

在政治和市場的雙重壓力下，當今有的詩人，卻功夫做在詩外，一味追逐權力與功名。「詩人都說詩歌好，唯有功名忘不了」，曹雪芹的〈好了歌〉，可改兩個字贈予這樣的詩人。而高行健雖寫詩不多，卻是真詩人。他的人生狀態、寫作狀態是詩的狀態，即超功利、超妄念、超越一切外部的「功夫」。十年前，我用「文學狀態」四字形容他，今天則要用「詩狀態」三字來形容他。有詩人主體的詩狀態，才有詩文體的詩意。詩的思想，詩的真情實感，詩的自然詠歎，均與詩人的狀態相關。「詩狀態」，是高行健對現實世界的挑戰。我相信，高行健的詩，將與他的小說、他的戲劇、他的繪畫一樣，一定會走進人的心靈，引發長久的共鳴。

（高行健詩集《遊神與玄思》於二〇一二年五月由台灣聯經出版公司出版）

二〇一一年十二月十三日
於美國科羅拉多

# 世界困局與文學出路的清醒認知

## ——高行健《自由與文學》（聯經出版公司）序

高行健這部新書的主要部分是他的演講。我直接傾聽過他在法國普羅旺斯大學、德國愛爾蘭根大學、韓國漢陽大學、香港中文大學、台灣華文盛會（新地雜誌主辦）等處的演講，還和他在香港共同進行過一場題為「走出二十世紀」的對話。八〇年代在中國大陸時，我喜歡聽他說話，那時，我和劉心武可能是他的最好聽者。心武說，聽行健說話，如聞天樂。我也有此感覺。出國後，山高水遠，各居一方，還是喜歡聽到他的聲音，除了在電話中交談之外，我還特別留心他的演講，並蒐集和閱讀他的每一篇演講稿。我喜歡聽他說話、演講，原因極為簡單，因為他的談論很有思想，而且思想又是那麼新鮮，那麼獨到。在當下缺少思想的世界裡，他的每次演講，都如空谷足音，給了我振聾發聵的啟迪。他醉心於文學，認定文學才是自由的天地，一再勸告作家不要從政，不要誤入政治歧途，但他自己作為一個具有普世關懷的作家，卻從不避世，而且總是直面人間的困境發表意見。而這些意見既「充分文學」又不僅僅是文學，他觸及到的是時代的根本弊病，是世界面臨的巨大問題，是人類生存的種種困局。我曾說，有膽有識，二者兼備方能構成境界。而高行健正是這種兼備者。他身處海外，早已走出精神囚牢，得大自在，也早已無所畏懼，絕不俯就任何政治集團和利益集團。既不迎合泛馬克思主義意識形態的胃口，也不迎合自由主義意識形態的胃口（包括不迎合所謂「持不同政見者」的胃口），只發出個人真實而自由的聲音。其言論的膽魄眾所周知。「膽」之外是不同凡響的「識」。我把「識」分為五個層面，即常識、知識、見識、睿識、天識。他的演講不僅處處有「見識」，而且蘊含著許多睿識與天識。我本身是個寫作者又是個思想者，對「思想」和對「語言」都有感覺，二三十年來，我被高行健所打動的正是他的思想與他的語言。但能進入我心靈深處的，還是他那些抵達當下世界精神制高點的新鮮思想。

如果說「冷觀」是高行健的文學特點（這一特點使他創造了「冷文學」），那麼，可以說，「清醒」則是高行健的思想特點。我本想用「深刻」二字來形容他的思想，最後卻選擇「清醒」這一關鍵字，是覺得無論是他的「冷觀」，他的寫作，還是他的演說，都有對世界、對人性、對文學的極為清醒、極為透徹的認知。這種認知，就像犀利的寶劍，一下子穿透事理的核心，事物的本質。我常為之而震撼。記得剛出國時，我還在為遠離故國而徬徨的時候，他就斬釘截鐵告訴我：「逃亡正是自由的前提」。由此，我才產生「美學逃亡」而非「政治逃亡」的思想，更是贏得告別政治牢籠的大快樂。這之後，他又寫出劇本《逃亡》，劇中的哲學主題是：人可以從專制的陰影中逃亡，但最困難的是如何從「自我地獄」中逃亡。這種地獄，無時不在，無處不在，即使你走到天涯海角，它都緊跟著你。這是何等清醒的思想？人貴自知之明，但自知之明絕非易事。如果不是讀柏拉圖，那我就會身處「洞穴」之中而不自知；如果不是讀魯迅，那我就會身處「鐵屋」之中而不自知；如果不是讀高行健，那就會身在「自我地獄」之中而不自知。現在有些所謂「公共知識分子」，其問題恰恰是缺少「自我地獄」的清醒意識。不知自身燃燒人性的欲望，內心一片渾濁，卻要充當「救世主」並把自己打扮成「社會正義」的化身。高行健的清醒，則是訴諸個人的良知，正視自身「惡」的無限可能，不以標準化權威化的「社會良心」自居。他一再批評尼采，拒絕「超人」和「權力意志」等理念，認定這是歐洲十九世紀最後的浪漫。他拒絕尼采而推崇卡夫卡與慧能，其背後乃是他對「人」與「人性」的清醒把握，他認定，「超人」、「大寫的人」並不真實；倒是回歸「脆弱人」、「平常人」，正視人性的脆弱、荒誕、黑暗，才是人類「自救」的起點。

高行健不僅對「人性」具有清醒的認識，而且對世界、對人類生存環境、對文化走向等，也有極為清醒的認識。只要讀一讀本書中這些演講以及相關的談話與文章，我們就會明白，他給當今世界提供了一些全新的睿識。這些睿識，可概括為下述三個基本點。

第一，「世界難以改造」（但可以理解）。高行健提出「世界難以改造」的觀點，挑戰的是十九世紀中葉以來世界範圍內的烏托邦思潮與革命思潮，而首先打破的是中國大陸流行的習慣思維和一貫性思維。高行健和我這一代大陸知識人，從小就接受「改造世界」的宏大理念，也可以說是「抱負」與「使命」。這一理念付諸實踐，產生的是烏托邦狂熱與暴力革命崇拜，以為革命可以改變一切，甚至以為文學藝術也應該革命，而革命文藝也可以改造世界。與此相應，便在各領域中「推翻舊世界」、將前人一概打倒，將文化遺產統統掃蕩。高行健是我認識的同一代人中，第一個清醒地放下「改造世界」的重負，從而也放下文學可以成為改造世界之奢望的思想家。高行健一再強調，文學只能見證歷史，見證人性，見證人類生存條件，而不能改造世界，改變歷史，所以文學不應當以「社會批判」為創作的出發點。倘若以此為出發點，只會使文學降低為譴責文學、黑幕文學、黨派文學、傾向性文學，變成政治意識形態的形象注腳或形象轉述。正是因為放下「改造世界」的妄念，所以高行健既反對政治干預文學，也反對文學干預政治。總之，認定放下「改造世界」的理念重負，才有自由。

第二，「時代可以超越」。認識到世界難以改造的高行健並不避世，也不悲觀。他明確表示，文學應當關注社會，乃至關注種種社會問題。儘管我們無法從根本上改變時代的條件與社會環境，但可以喚醒人的覺悟，可以超越時代的制約，也即時代所形成的政治條件與經濟條件的制約。政治當然免不了權力的角逐，經濟當然逃不脫利潤的法則，人類社會離不開這些功利的活動，但文學卻可以超越這些功利，而且可以置身於功利活動的局外，退入邊緣而成為潮流外人。這就是作家詩人能做出的選擇，在時代潮流中獨立不移，自鳴天籟。既不從政，也不進入市場；既不接受任何主義，也不製造新的主義與新的幻相。文學可以為時代所不容，但它恰恰可以超越時代去贏得後世的無數知音，這便是文學的價值所在。

功利可以懸擱，時代可以超越，那麼，超越之後作家要到哪裡去？高行健又清醒告訴我們：文學應回到它的初衷，它的「原本」。文學的初衷是什麼？文學的初衷是文學產生於人類內心的需要，有感而發，不得不發。文學初衷本無功利，即無政治、經濟、功名之求。文學本來就不是政治學、經濟學、市場學、新聞學，因此返回文學初衷才是文學的出路。他說得好：

> 文學不預設前提，既不企圖建構烏托邦，也不以社會批判為使命。文學當然關注社會，乃至種種社會問題，然而，文學並非社會學，關注的是社會中的人，回到人性，回到人性的複雜，回到人的真實處境，才是文學的宗旨。（在國際筆會東京文學論壇開幕式上的演講）

第三，「文藝可以復興」。儘管世界充滿困境，市場無孔不入，與時髦到處蔓延，但高行健確信，文學藝術仍然可以有所創造，有所復興，大有作為。因為文學藝術本來就是充分個人化的活動，一切取決於個人的心靈狀態。天才都是個案，並非時代的產物。文學藝術都是由個人去創造的，所謂「復興」，也應由個人去實現去完成。儘管世界亂糟糟，但有心人還是可以找到有意義的事情默默去做。米開蘭基羅、達文西等文藝復興的巨人們，他們正是在宗教的大黑暗中，借著上帝的外殼而注入人性的內涵。也正是在雍正、乾隆文字獄最猖獗的清王朝，曹雪芹卻創造出中國文學的經典《紅樓夢》。高行健一再說明，文學是自由的領域，但這自由不是上帝的賜予，不是他人的賜予，而是自己的「覺悟」。唯有自身意識到自由，才有自由。從這個意義上說，作家詩人在惡劣的環境中也還可以贏得內心的自由，寫自己要寫的作品，只要能耐得住寂寞。

高行健的這些演講和論述，如果一篇一篇認真讀下來，就會明白，他關注的是文學與文化的根本，是世界大局與未來。我出國後二十多年，一直留心西方學界與思想界，覺得西方學人確實提供了許多專業的新知識與新見解，也常對某個歷史事件和某段歷史行程做出了理性而精采的評說，但少有對當下世界困局與人類前景的清醒認知與宏觀把握，也就是說，還很難見到類似高行健這樣清醒、透徹的思想者。我讀高行健常為自己的同胞兄弟而自豪，因為他讓我看到，終於有一個華人作家藝術家，走上歷史舞台，超越「中國視野」，真正用全球的眼光與普世的情懷觀察與討論當今世界的困局，而且在那麼多的領域中提出那麼多新鮮的思想。高行健耗費了前半生，經歷了多次逃亡，一再被批判、圍剿、查禁，卻仍然擁有強大的靈魂活力，又如此獨立不移。二〇〇五年，我到巴黎訪問他時，見到他寓所中滿牆的水墨畫（已在十幾個國家舉辦過七十多場畫展）和書架上幾百多本各種文字的高行健作品集與畫集，真是感慨不已。一個質樸低調、一起從東方黃土地走出來的同齡朋友，就這樣走向世界精神價值創造的高峰，提供了如此豐富的思考與作品。

高行健是一個作家、藝術家全才，他的一生，孜孜不倦在小說、戲劇、繪畫乃至電影等文學藝術領域不斷創新，而且不屈不撓地追尋文學的真理。他最後找到的文學真理就是真實、真誠、獨立不移和對於「自由」的覺悟。難怪此書要以「文學與自由」為題，既是總題又是主題。

二〇一三年八月二日
美國科羅拉多

（《自由與文學》於二〇一四年三月由台灣聯經出版公司出版）

# 人類文學的凱旋曲

## ——萬之《凱旋曲》（香港牛津大學出版社）跋

五月中旬，萬之（陳邁平）把他的新作〈一以貫之的文學之道——介紹二〇〇〇年諾貝爾文學家獲獎作家、法籍華裔戲劇家小說家高行健〉寄給我。他知道我寫過《高行健論》，對此文會有興趣。果然，我讀後真是驚喜不已。這篇大約一萬字的文章，不僅把高行健為什麼獲得諾貝爾文學獎說得一清二楚，而且把高行健這個「形象」活生生地清晰地勾畫出來了。這可不是空頭文章，而是一篇嚴謹、豐富、生動、扎實的歷史見證。我知道，此文只有萬之能寫出來，他擁有「地利」，身處瑞典；又有「人和」，認識瑞典學院的數位院士；更重要的是他自身的條件，有思想、有才華，真懂文學，真愛文學。我雖然熟讀高行健的作品，也了解他的一些成功的原因，但讀了萬之的文章，卻深感自己未能抵達的精神高地仍然很多，對高行健的認識也沒有他那麼透徹。例如文中說到，瑞典藝術家布．拉森製作的授予高行健的獎牌（獎金、獎狀和獎章之外專門為每年的獲獎作家特製的獎品）作了這樣的特別設計：一塊軍服綠的銅質底板上有成行成列的紅色星星，而中間鏤空，是中國傳統楷書「一」字形狀。對此，有兩則評論讓我震撼。一則是瑞典學院常務秘書、諾貝爾文學獎評審骨幹恩格道爾的解釋，他說這個設計「象徵一個人通過文字從權力中走了出來，而且在權力中找到了一個洞，一個屬於個人的空間。」說得多好啊！高行健和其他的天才作家們，不都是從權力的牢籠中逃亡出來，而找到一個自己的洞穴，一個個人空間的獨特生命嗎？

除了恩格道爾的評論，還有一則就是作者萬之本人的評論，他說：

> 我也很欣賞這塊諾貝爾獎牌的設計，確實形象概括了瑞典學院對於高行健的理解與稱讚。獎牌上的這個「一」，就是「獨一無二」之「一」，它代表的其實不僅是一個優秀作家的條件，也是表示一個獨立獨特的個人，是這個星球上每個個體生命的價值所在，這也正是「普遍價值」的應有之義。《靈山》也好，《一個人的聖經》也好，還有高行健的眾多劇本也好，這個「一」貫穿了他的全部創作，個人獨立性和自我生命價值一直是在他的求索思考之中。

「一」就是「獨一無二」，在這個星球上創造沒有先例、沒有第二例、他人不可替代的精神價值作品，這就是高行健獲獎的全部秘訣。萬之這「一」筆，明心見性，擊中要害了。這「一」筆，豈止是對高行健創作的透徹說明，也是對於所有獲得諾貝爾文學獎的天才作家的透徹說明。

讀了這篇文章之後，我請萬之把他所寫的描畫諾貝爾文學獎獲獎作家的其他文章都「傳」過來讓我看看。於是，從布羅斯基、格拉斯、帕慕克、帕斯到奈保爾、庫切、品特等等，一篇篇讀下來。閱讀中我多次想停下來做筆記，其中精采的引語和評語實在很多，但又停不下來，整個目光和靈魂全部被這些人類的鍾靈毓秀所抓住，只能跟著走到底。

這些作家，這些萬之筆下的菁英形象，一個一個都不一樣，但都那麼有意思，那麼有頭腦，那麼有思想。他們一個個對世界、對人生、對文學都真有看法，真有見地。不管你同意不同意，但你不能不承認，這是地球上獨一無二的個人的聲音，這是真實的、絕不欺騙讀者的、充滿智慧的聲音。什麼是個性？這一個一個的個案，一個一個全然不同的形象，都在回答你。我佩服萬之，他描寫的不是「一個」奇人，而是分布在地球各個角落揮灑不同文字文體的「一群」奇人，而每個人的特別處都勾勒得如此明晰，真下功夫了。閱讀功夫，研究功夫，比較功夫，思索功夫，寫作功夫，全都投下了。

通讀了全部書稿後，我自然地萌生出一個概念：凱旋曲。所有諾貝爾文學獎的獲獎作家能夠贏得這份世所公認的光榮，都是精神價值創造征途上的凱旋。凱旋不是終結，而是邁向更高層面的起點。而萬之的文章，每篇都是為成功者唱出的凱旋曲。最為寶貴的是，這些凱旋曲，不僅是真誠的禮贊，而且是人類文學天才創作經驗和世界思索的薈集、彙聚和提煉。其中有對詩意人生的熱情的謳歌，更有對精神創造經驗理性的思索和認真的研究。每一曲都是嘹亮的、雄健的，但又都是冷靜的、深邃的。作為一個終身的文學研究者，我聽了這些充滿思想的凱旋曲，整個心靈境界獲得了提升，許多困擾的問題得到了回答。

獲得提升，是每個詩人、作家都告訴我，詩人就應當像詩人，作家就應當像作家。獨立不移，獨行其道，獨創格局，遠離權力、功名、功利、集團、市場，這才是詩人本色。詩人到地球上來一回，要的只是詩，不是詩外之物。萬之在展現布羅斯基形象時（〈四海為家四海無家〉），給這位從前蘇聯流亡到美國的俄羅斯詩人三個定語——三個小標題：（一）不為國王起立的詩人；（二）四海無家、四海為家的詩人；（三）純粹的個人主義的詩人。當慶祝諾貝爾獎頒獎九十周年的音樂響起的時候，國王王后公主王子出現、賓客們全都站立起來的時候，惟有布羅斯基夫婦兩人沒有站起來。這不是矯情，而是布羅斯基一以貫之的驕傲，特別是面對權貴的時候，更是如此驕傲。他寧肯讓人說「不禮貌」，也不能改變這種驕傲。詩，天然地與帝國對立；詩人，天然地擁有超越世俗的高貴。正是這種高貴與驕傲的守持，使得他四海無家也四海為家，使他在強權的壓迫下高高地昂起頭顱，使他寧肯充當「國民公敵」也要把照明黑暗的一點內心的亮光放射出來。萬之說：「人生是應該有精神導師，即使快要走向墳墓，最後的黑暗路程也需要這樣的精神照明。」他與布羅斯基一樣，是個「普通的流浪漢」，但他從布羅斯基身上找到了精神導師。這一詩意導引當然不應被萬之所「壟斷」，作為讀者，我當然也要分享一滴光明。

獲得回答，是每個詩人、作家都從不同的角度告訴我文學是什麼，理想是什麼，智慧是什麼。沒有一個人作出獨斷的解答，但是，從不同的聲音中我也明白了他們的共同的追求。諾貝爾臨終的遺囑提到把文學獎授予體現人類理想的作家，這個「理想」到底是什麼理想？瑞典學院所遵循的「理想」到底是何種精神指向？原來，這個理想，並非政治理想，也非社會理想，更非任何幻象和烏托邦，而是文學本身的理想——文學本身的偉大憧憬與人類心靈的偉大憧憬相疊合的理想。這種理想是內在的，充分個人化的，充分文學化的，充分「人文」化的。不管是詩人、作家曾經扮演怎樣的世俗角色，是左派角色還是右派角色，但是他們進入文學時都揚棄世俗角色而沉浸在精神的深淵與審美的自由大天地之中。萬之筆下的這些天才作家，來自不同國度，來自不同的政治立場，但是他們卻在一個點上相逢，這就是在見證歷史、見證人類不死的良知這個點上相逢，都在人類的精神價值創造的最高水準線上相逢，都在共同的擁有永恆光明的火炬家園中相逢。

對於萬之的才華，我在十六年前就有所感覺。一九九二年秋季，我應羅多弼教授的邀請，到斯德哥爾摩大學東亞系擔任「馬悅然中國現代文學研究客座教授」。一九九三年五月，系裡召開規模甚大的題為「國家、社會、個人」的國際學術研討會，數十位著名學者作家出席了會議，而這個會議從頭到尾，主要擔任組織工作的是萬之，其組織才能讓我佩服，更沒想到他提交的題為〈整體陰影下的個人〉的論文，寫得非常深邃、精采。李澤厚當時讀了參與會議者的全部論文之後告訴我，他很欣賞萬之的那篇文章。會議之前，李澤厚從未見過萬之，其評價只是對於文章水準的客觀判斷。十六年過去了，這次讀他的《凱旋曲》，更覺得他又有了新的飛躍，比十六年前更深邃，更有思想了。毫無疑問，他無愧為東西方文化共同培育的學者，已經堅實地站在了世界文學評論的舞台上了。

此刻我在格外寧靜的北美洛磯山下讀書、寫作，過著兼得大自在與小自在的生活，千慮已過，萬念歸淡，惟有好作品好思想能讓我興奮，感謝萬之寫了這麼好的文章，帶給我這麼多閱讀的快樂。

《凱旋曲》，萬之著，香港牛津大學出版社，二〇〇九年出版

二〇〇九年六月六日寫於美國科羅拉多

# 《高行健研究叢書》（香港大山出版社）總序

劉再復、潘耀明

我們決定組織和編輯《高行健研究叢書》，基於以下三點基本認識：

（一）高行健是中國文學第一個獲得諾貝爾文學獎的作家，但重要的並不在於這頂桂冠，而在於高行健確實是一個罕見的在小說、戲劇、美學、繪畫、思想理論等多方面獲得卓越成就的全能精神價值創造者，其才華輻射諸多領域，並且都被世界所確認。高行健的名字與作品，今天跨越空間（已翻譯成三十七種文字），明天又將跨越時間（將流傳到久遠）。總之是一個不能不面對的重大文學藝術存在。

（二）高行健作品不僅精神內涵擁有很高的密度，而且藝術形式變化多端。他是一個很善於創造新文體、新形式的作家藝術家。小說「藝術意識」、戲劇「藝術意識」、繪畫「藝術意識」極強。其諸藝術意識中又以語言意識為最。許多作家作品可以一目了然，無須多加考問，高行健不屬於這類作家。進入高行健世界不是一件輕而易舉的事，也就是說，對於高行健，更需要闡釋，很值得研究。

（三）對於高行健，雖然已有不少評論，但從嚴格的意義上說，對高行健的學術研究還沒有開始。高行健創造了小說新文體，開闢了戲劇的新維度，發明了繪畫的內光源，試驗了電影的詩體片，建構了「藝術家美學」的元系統。所有這些富有原創性的探索，如何可能？如何實現？它在中國文學藝術史和西方文學藝術史上承繼了什麼？揚棄了什麼？提供了什麼？等等許多問題，都不是一般評論所能解決的，都需要進入有深度的研究。

高行健作為一種獨立的重要存在，他已不需要謳歌，也不害怕貶抑，謳歌無補，攻擊更是無效。重要的是進入對他的研究，面對他提供的文本和經驗進行學理性思索。

我們的叢書將不求數量的優勢而求品質的優越。我們只有長遠的期待而無淺近的利益。我們將下功夫組織翻譯一些國際上的研究成果也盡可能吸收國內外的研究成果。我們希望通過這套叢書能給中國文學提供某種新的視野，也給人類文學藝術提供某些新的語言和眼光。我們相信我們的建設性工作具有意義而且意義十分深遠。

（《高行健研究叢書》由香港大山出版社出版，主編劉再復、潘耀明）

# 第三輯

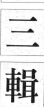

# 要什麼樣的文學

## ——二〇一四年十月十八日在香港科技大學與高行健的對話

今天我很高興，能夠和不遠萬里而來的摯友，也是我一直非常欽佩的摯友高行健進行對話，交談「要怎樣的文學」這個題目。

八年前，我們曾作過一次共同的演講，那次講的題目是「走出二十世紀」。當時我們就表明，我們要告別二十世紀，要告別二十世紀的大思路，不管是在社會層面還是在文學層面，都要作一次大告別。我們要走出二十世紀流行的「公理」和時髦的「主義」，要走出東西方主宰一切的政治意識形態。今天，我們還要繼續在告別二十世紀那些流行的大思路，但又要進一步討論，我們「要怎樣的文學」。

關於要怎樣的文學，高行健在獲得諾貝爾文學獎之前，就撰文表明過。獲獎之後，又多次呼喚過。我在他的論說中受過深深的啟迪，並且認定，他的這些文學論述不管對於中國文學的未來還是對於世界文學的未來，均意義重大。今天，我要借助科技大學人文學部的莊嚴講台，鄭重地說：高行健已創造出當代世界最清醒的文學觀，也是擁有最大自由度的文學觀，值得我們認真思索、認真研究的文學觀。

一九九〇年，也是在獲獎的前十年，他就寫過一篇〈我主張一種冷文學〉，他在這篇文章中表明，他所要的這種冷文學和以往流行的文學都不同，他說：

這種恢復了本性的文學不妨可以稱之為冷文學，以區別於那種文以載道，抨擊時政，干預社會乃至於抒懷言志的文學。這種冷的文學自然不會有什麼新聞價值，引不起公眾的注意。它所以存在僅僅是人類在追求物慾滿足之外的一種純粹的精神活動。（《沒有主義》，香港天地圖書公司）

這段話表明，高行健所要的文學，完全超越教科書所描述的基本文學類型，既不是載道的文學，也不是言志的文學，既不是抒情的文學，也不是譴責的文學。高行健特別指出，他所要的文學也不是「抨擊時政，干預社會」的文學，這就是說，這種文學不介入政治，甚至不介入社會，它拒絕文學成為政治的號筒與政治的注腳，但也拒絕把文學變成改造世界與改造社會的戰車與工具。把文學變成政治機器的齒輪與螺絲釘，或變成某種政治意識形態的轉達形式是文學的陷阱，而把文學變成干預生活、干預政治、干預社會的手段，同樣是文學的陷阱。所以，高行健一直反對把「社會批判」當成文學創作的出發點。正因為這樣，所以他不把文學當作匕首、投槍（魯迅語）；不把詩歌當作「時代的鼓手」（聞一多語）；更不把文學當作不穿軍裝的另一種軍隊（毛澤東語）。總之，高行健的文學理念是區別於古代「文以載道」和「言志抒情」的理念，又區別於現當代思想者包括魯迅、聞一多、毛澤東、劉賓雁等人提出的文學理念。高行健對西方馬克思主義如法蘭克福學派的文學理念也不附會，例如阿多諾認為，文學乃是對生活的批評。而高行健則認為，文學如果以批評生活、批判社會為出發點，勢必會使文學停留在社會的表層上滑動，從而遠離文學的本性，即離開文學對於人性的開掘，以致喪失文學的人性深度與人性真實，說得更明白一些，就是可能使文學落入晚清譴責小說（如《官場現形記》、《二十年目睹之怪現狀》）的水準，而遠離《紅樓夢》的水準。

文學要走出二十世紀流行的大思路是否可能？我和高行健都認定，這是可能的。因為文學乃是充分個人化的事業，一切取決於個人；不取決於國家，不取決團體和機構，也不取決於時代環境，而是取決於作家自己「獨立不移」的品格。高行健每一篇文論，都是文學的「獨立宣言」。「獨立不移」，意味著確認文學乃是擁有自性、擁有主體性的精神存在；也意味著文學應當超越政治、超越集團、超越市場、超越各種主義，不僅要超越「泛馬克思主義」，而且要超越「自由主義」，甚至要超越自文藝復興以來流行的老「人道主義」，如果人道主義未能落實到個人身上，這種主義，就會變成一句空話。唯有丟開各種主義的負累，作家的智慧才能得到解脫，精神才能得到大自由，作家才能成為精神大自在。所謂大自在，便是既不媚左也不媚右；既不媚俗也不媚雅；既不媚上也不媚下；既不媚東也不媚西；既不媚古也不媚今。只知文學的尊嚴高於一切。高行健所要的文學，甚至可以用「獨立不移，自立不同」八個字來表述。如果說「獨立不移」四個字是作家的立身態度，那麼「自立不同」四個字則是高行健的創作理念。他認為，文學的可貴在於「不同」，而不是「認同」。不同就是原創，就是別開生面，就是發前人所未發。高行健是一位進行全方位文學藝術創造的思想者，又是一位進行普世性寫作的作家。二〇一〇年他在臺灣大學發表過〈認同，文學的病痛〉的演說，表明他不僅不認同上述二十世紀流行的文學藝術大思路，也不認同民族主義理念。也就是說，他不僅要超越政治、市場，而且要超越國界，超越民族文化背景，而面對共同的人性與全人類共同的焦慮。他的「不同」除了警惕「認同」之外，還包括警惕「雷同」，所以他的作品絕不雷同前人與他人，也不雷同自己，即不重複自己。他的十八部劇本，每一部都帶有高度的實驗性與嘗試性。他的「不雷同」距離，不是小距離，而是大距離。所以才產生了以人稱替代人物的小說新文體；才產生把不可視的內心展示為可視舞台形象的心靈狀態戲；也才產生在抽象與具象之間的提示性水墨畫。而他的一切創新又源於他對流行哲學觀的拒絕。他拒絕對立統一的「二元哲學」而開闢三元哲學與多元哲學，他不認同辯證法，不認同「否定之否定」。他和錢鍾書先生在《管錐編》裡批評黑格爾的二元辯證哲學一樣，也批評黑格爾與尼采的哲學。這裡我特別要指出的是高行健對尼采的批判。高行健清醒地看到，尼采的「權力意志」哲學與「超人」哲學乃是歐洲最後的浪漫。尼采哲學在二十世紀，被廣泛地演繹成浪漫的自我與膨脹的自我。儘管在充滿激情的五四新文化語境中，尼采哲學有益於文化改革者對中國奴性的批判，但是，對尼采缺少全面清醒的認識，尤其是對「浪漫自我」缺少警惕，卻會造成「情緒有餘，而理性不足」的時代病。高行健認為，五四新文學運動還有一個大缺憾是，只把視野投向尼采，而未能投向卡夫卡。這兩位德語作家的精神路向天差地別，尼采哲學導引作家走向膨脹和瘋狂，使作家筆下的人成了幻想中的人，而不是實實在在的人，即不是真實的人、脆弱的人、複雜的人、有人性弱點的人；而卡夫卡則用另一種眼睛和哲學告訴作家，文學應當面對真實的人、真實的人性和人類在社會中的真實處境。尼采使人盲目與產生妄念，卡夫卡則使人清醒和冷觀世界。高行健以卡夫卡為楷模，他所主張的冷文學也正是卡夫卡式的正視真實人性與真實人類處境的文學。這種文學不是冷漠，而是冷觀，不是意志的飛揚，而是認知的深刻。卡夫卡並非貴族，也非資產階級，而是一個公務員，但他擁有一雙他人難以企及的眼睛和一身特別敏銳的感覺。他意識到在工業化的社會條件下，人並非「超人」，而只是一條可憐的小蟲（《變形記》）、一個囚徒

（《審判》）、一個迷失者（《城堡》）。甲蟲、罪犯、迷路者、脆弱人，這才是真實的人的現狀。卡夫卡對世界進行冷靜觀察後，創造出和以往的浪漫主義、寫實主義、載道主義、抒情主義完全不同的另一種文學，這種文學無所謂政治正確，也無所謂道德善惡，也沒有抨擊時政與干預社會，它只是冷靜地見證與呈現。然而，它卻擁有全世界的讀者與最長久的藝術生命，以至讓我們感到，時至今日，卡夫卡的時代沒有過去。卡夫卡所揭示的人，才是最真實的人；卡夫卡所揭示的人類生存處境，才是最真實的處境。我覺得，高行健要的正是卡夫卡式的文學，我閱讀後的這一心得與判斷，是否準確，還要請高行健作一回應。

二〇一四年十月十八日

香港清水灣

# 打開高行健世界的兩把鑰匙

## ——二〇一四年十月二十四日在香港科技大學「高行健作品國際研討會」上的發言

高行健涉及小說、戲劇、繪畫、理論、電影、詩文等多種領域，他的世界十分豐富博大甚至相當複雜深奧。要真正進入他的世界並非易事。但我認為，有兩把鑰匙可以開啟高行健的世界大門，或者說，掌握這兩把鑰匙，乃是進入高行健世界的方便之門。

這兩把鑰匙，用哲學的語言表述，乃是兩項對舉。「對舉」一詞是錢鍾書先生在《管錐編》裡使用的概念。它相當於對立項，但比對立項更寬廣，用起來更確切。例如我們要講兩個相互對應的人物，就不好用「對立項」，但可以用「對舉」。

我這裡所說的兩項對舉，第一個是指尼采與慧能的對舉；第二是指尼采與卡夫卡的對舉。抓住這兩項對舉，就可抓住高行健的思想主脈。當下世界，很講究關鍵字，我說的這對舉，既是關鍵字，又是關鍵名。尼采、慧能、卡夫卡，還有沙特、馬克思，都是高行健思想世界裡的關鍵名。

對於尼采、沙特、馬克思，高行健的基本點是批評的、批判的、反思的；對於慧能和卡夫卡，其基本點則是肯定的、讚揚的。

## （一）

現在先講述第一項對舉。高行健認為，尼采在現實生活中本就是一個病人，一個瘋子，而其思想也帶瘋癲病。這種病症由他自己先發作，然後傳染給德國給全世界，變成二十世紀的時代症。這種病症可以叫做膨脹病、浪漫病。高行健認為，尼采是歐洲最後的浪漫，他宣布「上帝死了」，而以「超人」的自我取代上帝，鼓吹的實際上是自我上帝。二十世紀受其思想影響，出現了許多小尼采，他們狂妄地宣布過去等於零，而自己乃是「創世紀」的新主宰。這些小尼采便是浪漫的自我與膨脹的自我。因此，尼采實際上是給世界創造了一種「自我的地獄」。這一「地獄」，既投向社會，也投向文學藝術。高行健批判說：「尼采宣告的那個超人，給二十世紀的藝術留下了深深的烙印。藝術家一旦自認為是超人，便開始發瘋，那無限膨脹的自我變成盲目失控的暴力，藝術的革命家大抵就這樣來的。然而，藝術家其實同常人一樣脆弱，承擔不起救人類的偉大使命，也不可能救世。」高行健不僅在理論上批判尼采，而且創作了《逃亡》一劇。這是一部哲學戲。它的最深層語言是呼喚年輕朋友走出尼采，走出自我的地獄。他在劇中表明：逃離政治陰影是比較容易的，但要逃離自我的地獄卻很難。這種地獄緊緊跟隨著你，和你一起走到天涯海角。

尼采的「膨脹自我」，導致各個領域產生大瘋子、大狂人，在二十世紀，就產生了希特勒、史達林、毛澤東、波爾布特這類獨裁者。在藝術界，則產生許多以「藝術革命」取代「藝術創造」的自認為是「超人」的瘋子。他們自以為是救世主，實際上卻是一個個失控的充滿領袖欲望的自我。

這些「革命藝術家」，以觀念代替審美，以廣告代替藝術，以顛覆代替創造。空空蕩蕩，什麼也不是，什麼也沒有。在人文領域，則產生許多標榜自己是「正義化身」、「社會良心」、「人民代言人」甚至是社會救星的所謂「革命家」，其實，他們都是小尼采、中尼采和大尼采。他們的內裡也充滿人性的欲望、領袖的欲望。

面對尼采這一現象，高行健從中國文化中找到一個與之對舉的偉大人物。這就是禪宗六祖慧能。高行健不是把慧能視為宗教家，而是把慧能看作一個人，一個很有智慧而又實實在在的人。高行健還獨樹一幟，把慧能看作是一個思想家，一個無須邏輯無須分析過程和思辨過程也能思想的偉大思想家。他的寶貴，不在於提供「修行方式」，而是提供獨特的「思維方式」。他的思想特點是放下概念（不立文字）而以擊中要害（「明心見性」）取勝。慧能與尼采那種「膨脹自我」的大思路正相反，他高舉「破我執」的旗幟。不僅破法執，而且破我執。所謂破我執，就是掃除個人的種種妄念、妄見、妄想，從而冷觀自我，反思自我，扼制自我的誇大與誇張。這是對舉的第一項內容，而第二項內容則是尼采鼓吹「超人」哲學，而慧能則相反，他宣揚的是「平常」哲學，即得道之後仍然懷著一顆平常心，做一個平常人。一個人成功之後，或者說「得道」之後是當「超人」還是當「平常人」，這便形成一種對舉。人們可以在「超人」與「平常人」之間做出選擇。孰高孰低，雖然可以仁者見仁智者見智，但我相信，人生的真理恐怕還是「平常人」哲學。

這裡我還想補充說明的是，平常人哲學移用到文學中來的時候，便有一個對平常人的理解問題。高行健認為，文學應當面對平常人的存在，因為平常人才是真實的人，才是實實在在的人，才是豐富複雜的人，才是有血有肉的人，而所謂的「超人」，那不過是幻想中的人，妄念中的人，並不存在即並不真實的人。「超人」、「至人」、「大寫的人」、「高大全的人」，都是人的假命題，假概念，文學應當告別人的種種假命題，而歸於「脆弱人」，面對真實的人性和他們的真實處境。

（二）

第二項對舉是尼采與卡夫卡。

高行健對中國的五四新文學運動有一個特殊角度的反省。他認為，面對這兩個德語作家，五四以來的文化改革先行者有一個很大的缺陷。這就是只把視野投向尼采，而未能投向卡夫卡。

投向尼采，借用尼采哲學反對中國的奴性，這有它的積極意義。尼采反對奴隸道德，反對弱者道德，他的這些思想對於喚起中國人的尊嚴，確實起了啟蒙作用。然而，因為文化改革者們對尼采只是崇奉而未加批判，所以五四所張揚的自我，便走向浪漫的自我與膨脹的自我。從個體而言，這種自我總是情緒有餘而理性不足；從群體而言，那個群體的大我，也格外膨脹與浪漫，結果便形成魯迅所說的總是在革命↓革革命↓革革革命中進行大循環，以為革命真能改變一切改造一切。

與尼采相反，卡夫卡完全告別浪漫，也不沿襲抒情、言志、載道、寫實這一套古老範疇，他只是冷觀。卡夫卡既不是貴族，也不是資產階級，只是一個小職員，但他卻有一種敏銳的感覺。他冷靜地觀察社會，冷靜地認知社會，用自己的作品呈現社會的真實與人性的真實，創造出「荒誕」這一無比深刻的文學新範疇。他的代表作《變形記》、《審判》、《城堡》

所表現出來的世界認知和對於人的存在的深刻認知，至今都沒有過時。人在工業化（現代化）的條件下，並不是愈來愈優越，而是變成一隻可憐的小蟲。人本來什麼問題也沒有，卻變成到處受審判的囚徒；人製造了龐大的現代化機器和現代化設施，卻被這些機器與設施所異化。所謂異化，便是人被自己所製造的東西所主宰所統治。卡夫卡的作品不僅抵達了文學的制高點，也抵達了哲學的制高點。

可以說，不了解卡夫卡，就不能了解高行健。高行健主張的「冷文學」，其實就是卡夫卡式的文學，就是面對人性的真實，面對人類生存困境的文學。卡夫卡作品中沒有政治法庭也沒有道德法庭。他寫資本主義社會，但不是對資本主義的批判。他什麼主義也沒有，什麼情緒也沒有，只是面對資本主義社會條件的人的存在，做了最深刻的認知與呈現。高行健也是如此，他像卡夫卡一樣，冷靜觀察世界與人，清醒地認識豐富複雜的人與世界，認定作家沒有必要把自己的創作納入意識形態的框架與倫理道德框架。他深知，一旦納入這種框架，視野就會變得狹窄，文學就會失去他的廣闊天地與人性深度。

# 美的頹敗與文藝的復興

## ——二〇一四年十月二十八日在香港大學與高行健的對話

十年前，我與高行健在香港作了第一次對話，題目是：「走出二十世紀」。我們共同認為，儘管二十世紀科學技術大發展，殖民主義體系崩潰，但這個世界仍然可以說是一個瘋狂的世紀。具體說，二十世紀經歷了三種根本性的頹敗。第一是理性的頹敗。從十八世紀西方啟蒙運動所創造的啟蒙理性體系，被二十世紀的兩次世界大戰和奧斯維辛集中營、古拉格群島、南京萬人坑、文化大革命「牛棚」等象徵性的罪惡圖騰摧毀了。這些大圖騰，每一個都是人類的大恥辱，每一個都是大屠宰場、大瘋人院。二十世紀走上反理性，人類經歷了兩次世界大戰。這是兩次全球性的集體死亡體驗，也可以說是兩次集體的走火入魔，兩次集體的血肉橫飛。二十世紀的瘋狂，狂到真的是理性掃地、良心掃地、文明掃地。如果我們還不能從集體的瘋狂與死亡體驗中吸取教訓，那就真是萬劫不復了。在理性頹敗的同時，是人性的頹敗，關於這一頹敗，德國思想家斯賓格勒早在一個世紀前就提出警告。他在其代表作《西方的沒落》裡發出「警世通言」，說西方世界的人性將被「毒品」、「暴力」和「性」等三樣東西所侵蝕，從而發生歷史性的頹敗。事實證明，他的預言非常正確，可惜西方世界不重視甚至不理會他的嚴重警告，繼續讓這三毒橫行於世。今年美國的兩個州，包括我居住的科羅拉多州，已宣布「大麻」合法化。從上一世紀至今，人類世界在「全球化」的口號下更是發生集體變質，被金錢抓住，人正在變成「金錢動物」。法國偉大作家巴爾札克早就預言，世界將變成一部金錢開動的機器。他不幸言中。當下的世界，席捲一切的是欲望的瘋狂，覆蓋一切的是俗氣的潮流。除了理性與人性的頹敗之外，還有一種巨大的頹敗，就是美的頹敗。高行健上個世紀末就發現，並不斷敲下警鐘。高行健在上世紀九〇年代出版的《沒有主義》和《另一種美學》裡，就揭示世界的藝術正在經歷一場大倒退，米開蘭基羅、達文西、拉斐爾創造的古典美被大肆嘲弄，在所謂「現代性」的新教條下，在政治與市場的雙重擠壓下，歐洲經歷了一場荒唐的「藝術革命」，以觀念代替審美，以廣告代替藝術，以顛覆代替創造。這種所謂「革命」，導致藝術的消亡。就在二〇〇〇年，高行健發表了法文版《叩問死亡》的劇本，揭露西方的所謂當代藝術已把藝術推向絕路。《叩問死亡》的主角進入當代藝術館，之後發現自己被鎖在館裡無法出來，館裡盡是尿盆、馬桶、菸頭和各種垃圾等展品，展品邊上還有學者們的推介資料，於是，聰明的主角便想到一個奇招，即把自己吊死在館裡，讓自己也成為一件表現死亡理念的展品，相信此舉也將贏得藝術研究者們的讚頌。二〇〇〇年高行健獲得諾貝爾文學獎之後，繼續關注藝術頹敗，並寫出〈美的葬禮〉這首長詩。詩中說道：

現如今滿世界
目光所及鋪天蓋地
處處是廣告
恰如病毒無孔不入
每一分每一秒
只要一打開電腦
堵都堵不住！

再不就是政治的喧鬧
黨爭和選票
而八卦氾濫
媚俗加無聊

唯獨美卻成了禁忌
無聲無息
了無蹤跡

這首八百行的長詩，寫的是美的輓歌。從十四、十五世紀文藝復興運動至二十世紀，地球上許多輝煌的思想、哲學、文學、音樂、繪畫、雕塑、建築等等都是歐洲提供的。可是到了二十世紀，這一切全結束了。卻一切都被另一種景象所替代：「滿街燈火通明／車水馬龍川流不息／卻沒有一丁點人氣／鋼筋水泥的叢林／無數玻璃的鏡面／空晃晃而無人影／金融疊起的都市／在深淵中聳立。」時尚、廣告、八卦橫行於世，俗氣覆蓋一切。

高行健雖然看到美的頹敗，但是他從未失去對於美的信念。而且認為，即使當下俗氣的潮流無孔不入的時代，文學藝術照樣可以復興，即照樣可以有所作為，有新的大創造。也就是說，文學可以超越時代而獨立贏得自己的位置。高行健在論證文藝復興的可能性時，提出了一條無可駁倒的理由，這就是文學藝術乃是充分個人化的事業，一切取決於個人。包括文學藝術復興，也取決於個人。今年出版的《自由與文學》（台北聯經）一書中收入他在新加坡作家節上的演講，講題就叫做：「呼喚文藝復興」。他說，即使是身處中世紀黑暗裡的但丁和文字獄最猖獗的滿清帝國時代的曹雪芹，他們也都寫出不朽的經典，也就是說，天才都是個案，偉大作品並不取決於時代環境，而是取決於個人的天才與勤奮。偉大的作家不順從歷史時代的宿命，照樣超越時代。但丁在流亡路中寫出了《神曲》、戰勝不幸的成功，而曹雪芹不朽的《紅樓夢》，他埋名隱姓清貧與寂寞中完成的。

我還要補充一個重要例證。是我親自目睹的，就發生在我身邊。上個世紀的一九七二年，當時我寄寓的中國社會科學院有一個曬黑了皮膚的學人，結束河南五七幹校的生活返回北京時，悄悄地開始了一項歷史性的巨大文化工程，這個人叫做錢鍾書，他的工程便是《管錐編》。從一九七三到一九七五年，整整三年，窗外依然是文化大革命的喧囂，但他坐下來偷偷寫作《管錐編》。這是自孔孟時代以來中國最偉大的文化建樹。如果以三百年為界，這是《紅樓夢》以後最偉大的人文著作；如果以六百年為界，它是王陽明《傳習錄》之後最偉大的人文里程碑。一九六六到一九七六年中國文化遭到大摧殘、大破壞，那麼《管錐編》的寫作與問世，倒是中國文化的復興與再生。我敢說，《管錐編》一部書的重量大大超過一個研究院的重量。而這一大復興，是一個人創造的，借用高行健的話說，《管錐編》乃是「一個人的聖經」、「一個人的文藝復興」。我的授課老師、錢先生的摯友（他首先開創錢鍾書研究，帶出四個錢鍾書的碩士生）鄭朝宗老師告訴我：這《管錐編》，你一定要天天讀，月月讀，年年讀。而且告訴我，一定要抓住身邊這個巨人，時時向他靠近。正因為我聽從鄭老師的教導，所以我三十年如一日，閱讀《管錐編》，領悟《管錐編》，受益無窮。今天特以錢鍾書先生為典範，支持高行健的理念，說明文化復興的使命乃是由一個人一個人去完成；這也說明，即使是最黑暗的文化專制下，照樣可以做出大學問，照樣可以創造出「前無古人，後無來者」的傑作。

而高行健本人又是一個典型例子。他是僅比我大一歲的同代人。我們這一代人是迷失的一代人，也是受盡苦難的一代人，而高行健則被點名批判，從北京逃亡到熊貓出入的邊陲地帶，開始進入《靈山》的構思與寫作。他和但丁一樣，在不斷逃亡的生存逆境中完成了《靈山》、《一個人的聖經》和十八個劇本。高行健的例子說明，苦難的命運阻撓不了卓越者的精神創造。高行健獲得諾貝爾獎之後，又進行了另一番全方位的努力。在巨大榮譽的重負下，高行健仍然孜孜不倦，創造出罕見的紀錄：十四年來他出版了三本新的理論著作，還出版了詩集《遊神與玄思》，拍攝了三部「電影詩」（《側影與影子》、《洪荒之後》、《美的葬禮》）。並舉辦了他的水墨畫數十次個展。

從古代的但丁、曹雪芹，到當代的錢鍾書、高行健，都說明：文學的興衰完全取決於詩人作家個人的創造力，也即他們非凡的膽識與筆力。好作家任何時候都可以天馬行空。

高行健還特別說明，文藝復興除了取決於個人的膽識與才華，還取決於作家個人對「自由」的覺悟，將自由掌握在自己手裡。只有作家自己意識到（覺悟到）自由才有自由。作家不能等待上帝的恩賜，也不能等待政府的照顧。作家一旦覺悟到一切取決於自己，就可能在任何時空中進行大創造。即使在最黑暗的年月，也可以出傑作，無論是誰，都可以通過「藏書」、「焚書」（李卓吾）的方式，贏得創作的自由。

# 走向當代世界繪畫的高峰

## ——面對比利時隆重的「高行健繪畫雙展」

三十多年來，我一直跟蹤好友高行健的文學腳步，包括跟蹤他的小說、戲劇、文學理論以及詩歌等，對於他的繪畫藝術，則只是懷著一顆好奇心不斷地去觀察它、欣賞它、理解它，但總是有偏見，以為這不過是他人生創造中的「邊角料」，並未把它列入高行健精神價值創造體系的主流。可是，最近十五年，他獲得諾貝爾文學獎之後的十五年，我卻不斷被他的繪畫成就所驚動，不得不對他的繪畫「刮目相看」，並認真地對它重新評估。尤其去年秋天他到香港科技大學和我作了幾天交談之後，才知道，二〇一五年比利時將以巨大規格舉辦他的繪畫雙展：一是在首都布魯塞爾的伊賽爾美術館舉辦「高行健回顧展」，以展示高行健的繪畫歷史及成就；二是在比利時皇家美術館舉辦「高行健——意識的覺醒」專題展。題目是「意識的覺醒」，畫的是人的「潛意識」。剛聽到這一消息，我更是好奇：潛意識也可以成為繪畫題材嗎？高行健是怎樣呈現人的這一片潛在的混沌的世界？因為好奇心太強烈，所以我不得不要求隨同來港的高行健夫人西零幫助，希望她能把展出的資訊告訴我，這些資訊包括圖片和評論。

今年一月返回美國後，儘管我因旅途勞累懸擱了許多工作，但還是張著眼睛注視二月底開始的比利時的高行健繪畫雙展。雙展果然如期隆重地在布魯塞爾兩個藝術館裡同時舉辦（兩個開幕式僅錯開一天，分兩日舉行），一個藝術奇觀在歐洲一個文明國家的首都就這樣出現了。〈潛意識〉、〈幻象〉、〈衝動〉、〈內視〉、〈他處〉、〈困惑〉等本不可捉摸的心象，真的呈現在觀眾面前。展出十天之後，高行健打電話告訴我，這是他規模最大的繪畫展，連他自己也沒想到，比利時會如此重視他的畫，動用這麼巨大的資源來展示他的藝術。我明白他說的話。高行健於上個世紀八〇年代末來到巴黎，那時正是西方當代藝術最熱鬧的年代。我因為作為中國作家代表團的成員訪法，到巴黎時在他家住了兩天，傾聽他關於西方當代藝術的有趣評論。當時我就知道，他全然不為時髦所動，正準備在文學和藝術上逕自走出一條自己的路。但我只相信他的小說、戲劇可以獨闢蹊徑，完全沒想到繪畫。可是，從八八年至今近三十年，歐洲、亞洲和美國的數十個重要美術館和許多重要的國際藝術博覽會卻頻頻展出他的畫作，舉辦了大約八十次他的個展。而我自己也頻頻收到他的畫冊，至今已有三十多本，每一本都沉甸甸。每次翻閱他的畫冊，都有一種驚奇感。用手指輕輕撫摸畫面時，竟懷疑自己在做夢。這是我從八〇年代初就常常促膝談心的那個高行健所作的畫嗎？那個質樸可親總是在書寫小說戲劇的老朋友也能用水墨畫征服世界、讓西方出版社一本本地為他出版這麼豪華的畫冊嗎？然而，鐵鑄的事實就在眼前。今年二月布魯塞爾這次雙展，比利時皇家藝術館這樣的藝術殿堂，更是慧眼獨到，氣魄雄偉，為他專闢一個展廳，長久展出，永久收藏。這對西方當今的畫家來說也屬罕見。據內行的朋友告訴我，能享受「長久展出、永久收藏」的超級「待遇」的，只能是林布蘭、魯斯本這樣的舉世公認的經典畫家（高行健專題展廳的樓上一層，正是林布蘭、魯斯本這些西方繪畫大師的展廳）。我多次到巴黎，知道華裔畫家趙無極先生的繪畫曾進入巴黎龐畢度文化中心的展廳，繼趙之後，就是高行健走到這個堂皇的藝術尖頂了。這一事實，讓我興奮不已，也讓我再次不敢相信這是真的。總之高行健的繪畫成就，真的超過我這麼一個摯友對他的認知與期待，儘管我比別的朋友更早更深地認識到他的不同凡響的天才，但還是沒有想到，他的繪畫成就能達到與二十世紀現代繪畫大師夏卡爾並肩的程度，高的專題展廳和夏卡爾的回顧展在皇家美術館一起舉辦開幕式和記者的新聞發布會。

也是因為好奇心的驅動，所以我又進而想知道，西方藝術評論家與鑑賞家為什麼會如此「看中」高行健？或者說，他們「偏愛」高行健的藝術理由是什麼？我在二〇〇七年因為找到了一個「回答」而高興很久。這一年德國路德維克博物館舉辦了題為「世界末日」的高行健回顧展，該博物館的館長貝亞特・賴芬帥德（Beate Reifenscheid）在畫冊的序言中寫道：

高行健選擇了一種幾乎傾向於不定型的形式，探究視覺上抽象的可能，不使其成為真正的具象，也不意圖去標示什麼，取而代之的是，他運用感召的潛能，召喚出靈魂中潛意識裡的圖像，那也是在我們人人內心中尋覓和發現得到的景象。高行健運用黑、白、灰各種細微變化的色調，對畫面和色彩而言，也發現了一個全新而豐富的寶庫。（德國，科比爾出版社）

這位館長啟發了我，原來高行健是在抽象與具象之間找到一個廣闊的第三空間地帶。這個地帶是一個全新而豐富的寶庫。這裡不再是看得見的人與風景，而是看不見而且瞬息萬變的「一閃念」。高行健發現了這個地帶，而且「運用感召的潛能，召喚出靈魂中潛意識裡的圖像。」不錯，是潛意識裡的本來無法看見的圖像。如同戲劇把不可視的心象呈現於舞台（筆者曾發表專論），高行健又把不可視的潛意識呈現於畫面。這是人類繪畫史上沒有人做過的事。太妙了！後來，我才注意到，原來高行健早已「夫子自道」，說明他正是在抽象與具象之間找到一種具有原創可能性的第三空間，一種可以展示「內心視像」的美術方式。他說：

在具象與抽象之間，其實有一片廣闊的天地，有待開拓和發現。具象發端於對現實的摹寫，以再現作為繪畫的起點，抽象則出於觀念或情緒的表現。再現與表現是繪畫的兩種主要手段。我的畫則企圖找尋另一個方向，去喚起聯想，既非描摹外界的景象，也不借繪畫手段宣洩情感，而是呈現一種內心的視像。這種內心的視像並不脫離形象，而又不去確定細節，給想像留下餘地，令觀眾也產生冥想。意境大於形象，讓畫面變得深遠，喚起的這種心理的空間，使繪畫超越了二度平面，這又不同於傳統繪畫中的透視。（美國聖母大學斯尼特美術館出版的畫冊《在具象與抽象之間》序言）

除了德國路德維克博物館館長提示我去注意抽象與具象之間外，還有另一位館長的話，也讓我產生深深的共鳴，這是葡萄牙烏爾茨博物館在二〇〇九年舉辦高行健繪畫回顧展時，其館長路諾．第牙斯（Nuno Dias）說的：

如果幾個世紀之前，高行健無疑會是個文藝復興的藝術家，他繪畫，拍電影，而且寫各種樣式的作品，從小說、詩歌、文論、戲劇乃至歌劇。他的繪畫和文學作品毫無教條，誠如他在他著名的著作中自己定位，獨自一人，這人不從屬於任何政黨、任何主義、任何潮流，遠離政治、社會生活和群體的思潮，在藝術中則充分展示他獨立不移的

自由思想。（畫冊《洪荒之後》，西班牙埃爾哥布拉出版社）

這位葡萄牙藝術評論家真不簡單。他說高行健「毫無教條」、「獨立不移」，字字都說到點子上。高行健從藝術策略上說，他找到具象與抽象之間的可原創地帶；從他的精神密碼而言，則完全得益自身那種獨自一人、不依附任何外部力量的品格。高行健確實以「獨立不移」為自己的精神宗旨，以「獨立不移」為自救之路。他不依附任何政黨、任何主義、任何潮流，也不重複任何已有的哲學和已有的藝術方式。他從八〇年代我初識他開始，就一直懷疑二元論，質疑兩極對立，質疑「否定之否定」等時行辯證法。他一再說，我相信禪宗的「不二法門」，相信老子的「三生萬物」。他確信「三」比「二」重要。唯有「三」的哲學，才能打破固化的「二」的兩端（即死於「二」的兩端）。「三」包括兩極又不落入兩極，這才是康莊大道。他的繪畫，就行走在這個康莊大道上。前人沒有走過，他偏要走；前人未敢行，他偏大步行。前人視為異道而迴避，他偏視為常道而大膽探索。高行健的自由哲學與自由思想幫助高行健走出自己的路，無論是小說、戲劇、繪畫，他都走出一條前人未曾走過的路。

在「好奇」地尋找西方藝術評論家的審視眼睛時，我意外發現有一個「關鍵字」與我久蓄於心中的思路相逢，讓我高興得幾乎要叫喊出來。法國文學與藝術史家兼畫家達尼爾．貝熱斯（Daniel Bergez）在二〇一三年巴黎索伊出版社的論著，竟以《高行健，靈魂的畫家》

為題目。是的，高行健是靈魂畫家，他畫物，但不是「物的畫家」；他畫人，但不是「人的畫家」。高行健筆下的人，不是人的肖像，而是人的靈魂。所以我說高行健畫的不是「色」，而是「空」；不是「身」，而是「心」。靈魂包括意識與潛意識。靈魂似真似幻難以歸類。靈魂在抽象與具象之間。靈魂實在又神秘，難以捉摸，難以言說。法國這位多才多藝的畫家與評論家，還在專著的序言中如此說：

高行健無法歸類極為獨特的創作，延續而又顛覆了它得以滋養的兩個源泉。他把同書法聯繫在一起的中國文人畫的傳統加以轉向，又引入抽象；超越文學之源，同時又把所謂「現代」藝術的粗製濫造和老套子廢除掉。他的畫作令人觀審，不如說訴諸觀者的內心世界。誠如所有偉大的創作，他的畫自有訣竅和奧秘，而且坦陳毫不掩飾其奧秘，也因為這作品的存在就構成了謎。本書不過是對看畫作些引導，以便進入這無限幽深而豐富的畫作。（該書獲二〇一四年法國藝術科學院獎。）

達尼爾·貝熱斯講得多麼好呵，高行健延續又顛覆了它得到滋養的兩個源泉，即中國文人畫傳統與西方的現代藝術傳統。高行健努力吸收傳統的資源，但又揚棄傳統寫夢的象徵手法，直接訴諸潛意識。讀了貝熱斯之後，又意外地發現另一則精采的評述。法國藝術評論家弗朗索瓦・夏邦（Francois Chapon）對高行健的畫讚揚道：

你的繪畫如此自由揮灑，獨具一格，與任何流派，任何既有的技法迥然不同，這偉大的藝術突破了空間的規則，也不囿於時間的限制，在人類意識中尚未形成的影子裡發現了調節宇宙運動及其反映的和諧。我欽佩你不墨守各種信條、定義、教義以及秘訣等陳規，從既得的知識沼澤中躍出，朝原始本質的淨區攀登。（巴黎，克羅德・貝爾納畫廊「高行健新作展」畫冊序言）

「從既得的知識沼澤中躍出，朝原始本質的淨區攀登。」這話講得何等好，何等有見解又何等有文采！我正是從這裡出發，去了解高行健返回文學初衷與藝術初衷的思路。無論是德國、葡萄牙評論家，還是法國評論家，都不約而同地說出高行健繪畫最根本的成功秘訣，這就是自由揮灑，獨創一格，獨樹一幟，獨造一局。高行健無論走到哪裡，原創性就跟到那裡。

近十幾年對高行健繪畫的「好奇」、「注視」，使得我逐步向高行健的水墨畫世界靠近。因此，此次他的比利時繪畫雙展格外引起我的興趣。從二月開始，我就遠遠望著西歐，遠遠望著比利時皇家美術館和它的展品及評論。

西零沒有忘記我的委託，她把譯好的許多有趣的評論發來給我，讓我真是大開眼界，並深深佩服比利時那些不為時髦所動、卻為真正的新鮮藝術吶喊開道的美學家。評述太多，我選幾則給朋友們也看看。

比利時皇家美術館網站自然當然不讓，它率先介紹高行健和它的展廳：

藝術家以其意識的覺醒，邀請觀者悠游於水墨之上，畫面之間，去感受生存赤裸的狀態。博物館從而變成了凝神沉思之地。高行健是東西方世界的一位擺渡者，以東方作為基石，叩問西方的現代性觀念。他的作品同時也溝通繪畫與文字書寫。藝術家的哲學令這場所超越展廳，比利時皇家美術館把這個大廳變成一個真正的精神醒覺。（比利時皇家美術館網站）

我們再看看報刊的評論。比利時《晚報》評論道：

這位諾貝爾文學獎得主排除語言，只有寂靜和光線。他的作品無論在紙上還是在畫布上，一概用的是中國墨，極為獨特。一提到中國墨，人便立刻想到書法，而他奇妙的用墨卻是另一番天地。既無字，也無書寫。高總在挑戰，總在尋求。

《比利時自由週刊》評論道：

高行健不管是他寫的書、拍的電影、寫的劇本或是他的畫，都把我們帶入現實的思想達不到的另一個世界……。多虧皇家美術館館長米謝爾．達蓋，我們才看到高的這些新作。……這些作品雖然都有標題，卻超越言說。高的畫無法解說，得通過看來縮短他同我們的距離，一次幸會，一個可以分享的天地。高把他新近畫的紀念碑式的這六幅巨大的畫捐贈給皇家美術館，由此開闢了一個命名為「高行健——意識的覺醒」的展廳，一個令人沉思的空間，六幅不同的畫乃是六次邀請，令人著實入畫，觀眾自會從中見到自己的真理，也可能是迷幻，卻有時又是現實。

此次高行健雙展策劃人、比利時皇家美術館館長米謝爾．達蓋（Michel Draguet）也是比和時布魯塞爾自由大學的教授，他在《精神自由學報》上撰文寫道：

高行健的繪畫有其中國文化的淵源，同時又覺悟到得擺脫西方當代藝術的時髦和教條。對他來說，當代藝術在西方已經成為思想的桎梏，觀念藝術、社會學藝術，凡此種種，現今已成了膚淺而乾澀的智力的教條主義。

又說：

然而他深深植根東方的這些畫，卻不對西方關門，不僅吸收西方藝術而且優遊其間。高的圖像有雙重含意：既組合構成一定的形象，又隨著視線的游移而分解，無限展開。高行健說，繪畫便是化解言說。繪畫對高來說，便是置身於忘言。他投身於音樂喚起的忘我的境界。旅程由此開始，每一張畫呈現靈山的一幅景象，而這靈山總遙遙在望。既非他者，又排除集體，一意融合在自然之中。這種主旨的移位從墨海到雪意，通過污泥的吞蝕，又被太陽消融，畫家由此找尋其生存的依據。這裡尋求的並非是系統的實證，卻出之於顯然易見。魔法只來自視像，這展覽希冀的正是這視像帶來的片刻的充盈與寧靜。

米謝爾・達蓋為此次雙展還寫了一部洋洋大觀的專著，這本由巴黎的哈贊出版社出版的畫冊《高行健——墨趣》序言中特別寫道：

他維護傳統卻毫不保守，並非要死守中國的傳統繪畫。相反，他從古老的宣紙和水墨中，找到了強有力的表現手段，來表達我們現時代人複雜的情感和感受。他的探索全然是當代的：一方面，他把人的生存條件和身分作為中心課題；另一方面，他把小說、戲劇、音樂、詩與歌劇所有的表現手段都動用起來，用來回答這些課題，而這解答既是獨特的，又是統一的。

書寫與繪畫中，他特別看重這種把感受和哲思聯繫在一起的流動的思想。二〇〇〇年，高行健獲得諾貝爾文學獎之後，他揮灑得更為自由，而且從未放棄圖像，這些光與影的顯示，不僅體現在新的領域如歌劇之中，也是他的戲劇思想的延伸和總結，還同樣在電影中，對圖像的運用達到了極致。

比利時皇家美術館貝漢廳陳列的高行健專門為此創作的紀念碑式的這個系列，展示了一派精神的空間。言詞的音樂和音響的言說彼此呼應，繪畫因而變成了他思考的結晶，戲劇、歌劇與電影可說盡在其中。這種延伸使得他的繪畫構成一番精神層面。圖像在他這裡既變成依據於感覺的一種思想，又是一個銀屏，超越其表象，令人深思的赤裸的存在。

值得注意的是，這些歐洲的藝評家和學者都從歐洲繪畫史的視角來評述高行健。他們不僅對高行健的繪畫高度評價，還注意到他在藝術史上獨到的美術見解。他確實超越二十世紀流行的美學框架和藝術史觀，確實反對藝術家從政，確實不以社會判斷、政治判斷或倫理判斷來代替審美判斷，而且還提供了繪畫的新方向。

最後，我們不妨用高行健自己早在一九九九年的《另一種美學》中就概說過的話，來思索他為什麼在繪畫上也能走向高峰。

回到繪畫，在不可畫之處作畫，在畫完了的地方重新開始畫；……回到繪畫，在藝術的內部去找尋藝術表現新的可能，在藝術的極限處去找尋無限。……回到繪畫，從空洞的言說中解脫出來，把觀念還給語言，從不可言說處作畫，從說完了的地方開始畫。

在十五、六年前高行健就已形成的繪畫觀，即「回到繪畫」的繪畫觀，就已在西方宣示，而且得到西方藝術思想家的共鳴和不斷引證，而我卻有所忽略。高行健曾告訴我：小時候他夢想過拍電影，但從未夢想過繪畫。他覺得西方的油畫成就太高，不可超越。後來他能找到另一條路，連自己都沒有想到，真是太幸運了。今年上半年，我在關注高行健的繪畫雙展之後，重新閱讀他的原先的畫論、美學論，真是感慨萬千，我作為高行健的一個三十年朋友，知道他的繪畫給世界提供了前人所無的心象、幻象和靈魂意象，也給所有精神價值創造者提示：只要有心有智慧，創造奇觀的可能是永遠存在的。

二〇一五年五月十一日
美國科羅拉多

# 第四輯

# 放下政治話語

## ——與高行健的巴黎十日談

**（一）慧能的力度（二〇〇五年二月，巴黎行健寓所）**

**劉再復（下稱劉）**：這次到普羅旺斯大學參加你的國際學術討論會，開幕式前夜在馬賽歌劇院看到你導演的《八月雪》，真是高興。演出非常成功，看到法國觀眾一次一次起立為慧能歡呼鼓掌，更是高興。

**高行健（下稱高）**：這次主演的是台灣國立戲曲專科學校。加上馬賽歌劇院的樂團與合唱團，台上就有一百二十人，顯得很壯觀。而且從音樂到演出都不同於西方歌劇。

**劉：**我在此次會上聽說，杜特萊（Noel Dutreait）教授親自一次又一次地給合唱團演員糾正口音，非常認真。這是中西文化切實的合作與融合，不是政治宣傳。我還注意到了，這完全是一個新型的現代歌劇，既不同於京劇，又不同於西方的現代歌劇，但兼有兩者的長處。你導演這個戲時太投入了，差些要了你的命。

**高：**在台北排練《八月雪》已經住了一次醫院，之後，又在法蘭西喜劇院導演《周末四重奏》，終於撐不住了，最後血壓高到二百多，急診住院。兩次開刀才搶救過來，死神可說與我擦肩而過。

**劉：**莫里哀就是在戲台上倒下。現在你這套房子離莫里哀喜劇院只有百米之遙，離莫里哀的住所也只有一個胡同之隔，你可別像莫里哀那樣一倒下就起不來。我一直說，文學藝術固然美妙，但也很殘酷，它會把人的生命吸乾。看你這副皮包骨的樣子，就像快要被吸乾了。

**高：**去年情況真的不好，但經過治療休息，現在還不錯，血壓正常了，精神也恢復了，每天都在讀書作畫，只是寫作得暫時停下來。

劉：吃飯睡覺都好嗎？

高：倒是能吃能睡。原來醫生規定每個星期只許吃幾片牛肉，我連幾片肉也不吃，已經習慣吃素菜淡飯，身體明顯好轉了。我現在倒是擔心你。我在電話裡和你說過多次，今天趁你在這裡，再鄭重告訴你，你一定要注意飲食，不要再吃肥肉和動物內臟了，這些都是壞東西。我過去就喜歡吃這些，要吸取教訓，一定要控制血壓，改變飲食習慣，多吃水果和蔬菜。

劉：去年你兩次開刀，真把我嚇死了。以後我會強化一點健康意識，你放心。

高：出國後你寫了那麼多書，太拚命了。光《漂流手記》就寫了九部，這是中國流亡文學的實績，還寫了那麼多學術著作。前幾年我就說，流亡海外的人那麼多，成果最豐碩的是你。你的散文集，我每部都讀，不僅有文采，有學識，而且有思想，有境界，我相信，就思想的力度和文章的格調說，當代中國散文家，無人可以和你相比。這都得益於我們有表述的自由。更關鍵的是你自己內心強大的力量，在流亡的逆境中，毫不怨天尤人，不屈不撓，也不自戀，而且不斷反思，認識不斷深化，這種自信和力量，真是異乎尋常。你的這些珍貴的文集呈現了一種獨立不移的精神，寧可孤獨，寧可寂寞，寧可丟失一切外在榮耀，也要守持做人的尊嚴，守持生命本真，守持真人品、真性情。僅此一點，你這「逃亡」就可說是此生「不虛此行」，給中國現代文學增添一份沒有過的光彩，而且給中國現代思想史留下了一筆不可磨滅的精神財富。

**劉：**你總是鼓勵我，十六年前剛出國，你在巴黎給我說的話，現在還記得。你說，我們現在最重要的事是趕快抹掉政治陰影，立即投入精神創造。現在終於得到了自由表述的可能。對中國知識分子而言，沒有什麼比這更寶貴的了。從巴黎回到美國芝加哥大學，我收到你的信，你又說不要去理會那些政治和人事糾紛，趕緊投入寫作。你的這些清醒的意識影響了我，得謝謝你。

**高：**不走出中國的那些陰影與噩夢，就無法完成《靈山》、《一個人的聖經》和我的那些劇本。你也寫不了這麼多卷的《漂流手記》，還有你的《告別革命》、《罪與文學》這些重要的思想學術論著。前不久我還特別告訴聯經出版公司，希望他們能出《罪與文學》的台灣版。我說，這是現今最好的一部中國現當代文學史，史論結合，又是一部帶有歷史意義的宏觀文學論。海內外至今不曾見到一部這樣有見地有思想深度的關於中國文學的巨著。對了，我還應當特別感謝你下這麼多功夫寫了《高行健論》，儘管我們是莫逆之交，我還是要感謝你，這樣支持我理解我。十五年前，我就說當時你在中國文學界，對中國當代文學就已經作了充分的理論表述，十五年後的今天，你的表述更加深入，更加精采。

**劉**：和你相比，我還是望塵莫及。不過有一點是值得我們慶幸的。我們終於走出來了，靈魂站立起來了。我們的逃亡不是政治反叛，而是精神自救，有了逃亡，我們才能源源不絕地讓思想湧流出來。

**高**：我們所以流亡，為的是贏得精神創造的自由，避免被政治扼殺。一百年來，由於種種政治、社會、歷史的困境，中國知識分子很難獨立自主從事精神創造。今天我們有這樣的機會，無衣食的憂慮，能排除外界的干擾，能自由寫作，太難得了，應該珍惜這種機會，也許我們還可以工作一、二十年吧。

**劉**：讓我們都保重。你現在要多休息，還是不要急於寫作，能讀點書作點畫就很好。你的畫能打進藝術之都巴黎和西方藝術世界，也是奇蹟。

高：現在我畫得很投入。去年在法國國際當代博覽會展出的二十五幅畫，全被各國收藏家買走了，以後我得多留下一些不賣的作品。出國後，我在歐美和亞洲的個展參展已在五十次以上。

劉：你的水墨畫，我愈看愈有味道。你畫的不是物相，而是心相，或者說，畫的不是色，而是空，是空靈與空寂。我在你的畫裡發現文學，發現內心。這大約也得益於禪。

高：禪，其實，與其說是宗教，不如說它是一種立身的態度，一種審美。

劉：我在前三年的一篇談論你的文章中就說，禪實際上是審美，懸擱概念、懸擱現實功利的審美。有些詩人，例如陶淵明，他生在達摩進入中國之前，與禪宗沒有關係，但他的詩卻有很高的禪意。「結廬在人境，……心遠地自偏」，「此中有真意，欲辯已忘言」，「縱浪大化中，不喜也不懼。」他講的全是心性本體，是心靈狀態，與禪完全相通。宋代我們福建有一位詩評家，叫做葛立方，他著了一部名為《韻語陽秋》的詩話，就發現陶淵明很有禪性，因此稱陶淵明為「第一達磨」，這真是一語中的高明的見解。這次你通過《八月雪》把慧能形象首先推向西方主流舞台，可能也會推動西方對禪的研究。

**高：**自從鈴木大拙在美國哥倫比亞大學和美英各大學講禪後，西方已有不少研究禪宗的著作。但都偏重於學問。而禪本身恰恰不是學問。西方的學者、作家儘管對禪有興趣，但很可能一輩子都掌握不了禪的精髓。禪把哲學變成一種生命體驗，一種審美方式，這一點很了不起。

**劉：**哲學本是「頭腦」的，思辨的，邏輯的，實證的，但禪卻把它變成生命的，感悟的，直觀的。它創造了另一種哲學方式。馮友蘭先生的哲學研究，正是把邏輯的方式與感悟的方式結合起來，他稱前者為正方法，後者為負方法。

**高：**過去，中國思想界只把慧能當作一位宗教的革新家，殊不知他正是一位思想家，甚至可以說是一位大思想家，一位不立文字、不使用概念的大思想家，大哲人。我們應當從「思想家」這個層面去理解慧能。只有這樣，我們才能看清他在人類思想史上獨特的地位和意義。

**劉：**你說的這一點非常重要。慧能不識字，可是他的思想卻深刻得無與倫比。他的不立文字、明心見性，排除一切僵化概念、範疇的遮蔽，擊中要害，直抵生命的本真。《六祖壇經》有一個重要發現：發現語言是人的一個終極地獄，也可以說，概念是人的終極地獄。慧能的思想是超越概念、穿透概念的思想。沒有概念、範疇也可以思想，這在西方是不可思議的，但在慧能那裡卻得到精采的實現。這確實提供了一種不同於西方哲學的思維方式，也可以說，提供了一種新的思想資源。理性作為工具，是有用的，但它並非萬能。慧能不是通過理性，而是通過悟性抵達不可說之處，抵達事物的本體，抵達理性難以抵達的心靈深處。

高：慧能提示了一種生存的方式，他從表述到行為都在啟示如何解放身心得大自在。他是東方的基督，但他與聖經中的基督不同，他不宣告救世，不承擔救世主的角色，而是啟發人自救。

劉：慧能把禪徹底內心化了。他的自救原理非常徹底，他不去外部世界尋求救主，尋求力量，而是在自己的身心中喚醒覺悟。佛不在山林寺廟裡，而在自己的心性中。每個人都可能成佛，全看自己能否達到這種境界，明白這一點確實能激發我們的生命力量。

高：很有效。就像我們兩個人，個人都如此獨立不移，不依靠集團，不結幫派，沒有主義，但我們的精神很健康，就靠這種內在的力量。我在《聯合報》上讀了你闡釋《八月雪》的文章，寫得真好。慧能就是那樣一個獨立不移的人，他追求的是得大自在。他作為宗教領袖，卻拒絕偶像崇拜，也不鼓吹信仰，排除一切迷信，如此透徹。他聲名赫赫，但拒絕進入宮廷當什麼王者師，寧可掉頭也不去，他知道一去就只能成為權力的點綴，當皇帝的玩偶，失去自由，很了不起。慧能哪來這麼大的力量？全來自他的大徹大悟。

**劉：**慧能知道，一旦進入宮廷，他就要被皇帝「供奉」起來，雖得到膜拜，但失去自由。慧能是一個思想者拒絕為權力服務的典範。他生活在唐中宗、武則天的時代，還屬盛唐時代，是很繁榮、很開放的時代，連皇帝都信佛，都接受外來的佛教文化，也只有這種社會條件才能容納慧能，容納各種宗教流派，然而，即使是在盛世，他也不為榮光耀眼的權力服務，只獨立思想。慧能如此拒絕進入權力框架，事實上開創了一種風氣，不做皇帝附庸與權力工具而獨立自在的風氣，實在了不起。

**高：**慧能確實開了新風氣，回到人的本真，率性而活，充分肯定個人的尊嚴。這種生活方式對權力當然是巨大的挑戰，也是對社會習俗和倫理的挑戰，但挑戰不是造反，也不搞革命，不破壞，也不故作挑釁的姿態，而以自己的思想與行為切切實實確認生命的價值和做人的尊嚴。

**劉：**人的脆弱常常表現在很容易被權力、財富、功名所誘惑，也很容易被自己的偶像、名號、桂冠、衣缽所消滅。人的本真存在每時每刻都在受到威脅，慧能的意義正是他提供了生命本真的當下存在受到威脅時如何抗拒這種威脅，如何守住人的真價值。

**高：**當今社會，人也日益商品化、政治化，個人變得越來越脆弱。慧能的思想和他的一生提示我們還有另一種生存的可能，另一種生活態度。

**劉：**慧能的思想有時呈現在他的講道釋經中，但更重要的是呈現在他的行為語言中。他拒絕偶像崇拜，拒絕皇帝的詔令進入政治權力框架，特別是最後打破教門權力的象徵——衣缽，這些行為意義重大。《八月雪》把打破衣缽這一情節表現得非常動人。慧能這一行為包含著他對教門傳宗接代方式的懷疑，只要看看當今宗教的派別之爭，就可明白慧能的思想是何等深邃。

**高：**佛教講慈悲，還為傳宗衣缽而追殺慧能，佛門中尚且如此，更何況佛門之外的政治領域和其他領域。衣缽是權力的象徵，哪裡有權力，哪裡就有權力之爭，這是一條定律。慧能的大智慧就是看透了這一點，所以他不接受權力，更不進入權力框架。

**劉**：真是這樣，最講和平的佛教尚且如此爭鬥，更勿論其他了。小權力讓人產生小欲望，大權力讓人產生大欲望。我曾感慨，也已寫成文字，說宮廷之中因為有大權力，所以連被閹了的太監也充滿欲望，肉體上去勢，心思裡卻去不了權勢欲。可見人性惡是多麼根深柢固。

**高**：禪宗衣缽到了慧能便不再傳，這是歷史事實。慧能敢於打碎衣缽，在宗教史上也是個創舉。

**劉**：慧能沒有任何妄念，他什麼都放得下。唐中宗、武則天兩次徵召，他都抗拒，這需要多大的勇氣？歷代多少寺院，只要皇帝一賜匾額，一徵召入宮當「大師」，都感激不盡，連稱「皇恩浩蕩」，唯有慧能全不在乎，全都放下。他「止」於空門，絕不「止」於宮廷之門，這是對功名心的真正否定，何等的力量。

**高：**禪講平常心，但平常心並不容易。面對巨大的權力的壓力、財富的誘惑，還是以平常之心做該做的事，不生任何妄念。以平常之心處置非常的壓力與誘惑也是慧能的重要思想。而他之後的打殺菩薩，咒罵佛祖，則是故作姿態，而故作姿態，也是妄念作怪。

**劉：**《八月雪》最後一幕所表現的妄禪、狂禪，正是對這種妄念的批判。慧能致力於縮小人性與佛性的距離，把清淨自性視為佛性，把平常自然之心視為菩薩之心，把出世的宗教改革成人文宗教，本是創舉。可是到了馬祖的弟子之輩，便把禪戲鬧化，走向佛的反面，公開宣稱「佛之一字，我不喜聞」，以至呵罵達摩是「老臊胡」，釋迦是「乾屎橛」，完全走火入魔了。《八月雪》最後一幕表現大鬧參堂最後參堂起火，一切都歸於灰燼，這不僅是禪的悲劇，也是世界人生的悲劇。慧能似乎早已洞見這一切，世事浮沉，人事變遷，周而復始，本想尋求大平靜，但終於擋不住嘈雜與喧鬧，這是世界的常態，今朝明朝都一樣，所以也不必過於煩惱，重要的是在當下充分思想，充分生活。慧能以他的驚世絕俗的行為告訴我們，存在的意義只有一條，那就是存在本身，那就是存在本身的尊嚴、自由與它對世界的意識。

**高：**一千年前的慧能，告訴我們如何把握生命，如何存在於當下，存在於此時此刻。這此刻當下，是個體的當下，活生生的當下，也是永恆的。永恆就寄寓在無窮的當下的瞬間中。對當下清醒的意識，對活生生的生命的感悟，便進入禪。所謂明心見性，也就是對此刻當下清醒的意識，對生命瞬間的直接把握。

**劉：**這就是說，存在的意義是對生命本身清醒的意識。更為簡單的表述，便是意義即意識。你在戲劇作品中一再表明這種思想，說世界難以改造，而人內心往往一片混沌，活在妄念之中而不自知。澤厚兄最近出版的《歷史本體論》，引證你在《夜遊神》中的一段話，他說他發現你的作品有那麼多的性愛描寫，真正突出的就是人活著的無目的性：人生無目的，世界無意義。你是不是同意他的這種解釋？

**高：**你在給《叩問死亡》所寫的跋中，引用劇中人的那句話：「世界本無知，而這傢伙卻充分自覺」，並作了很正確的闡釋。澤厚兄的《歷史本體論》我讀過了，他的提問很有深度。要知道世界本是無知的，意義何在？二十世紀那麼多改造世界的預言與烏托邦，都變成了一片謊言。從科技層面上說，世界確實進步了。但在人性層面上，人類卻不見有多大的長進。人類發明了那麼多的醫藥，但人性的弱點無藥可治。今天的人甚至比過去更脆弱。我不相信改造世界的神話，也不製造烏托邦。所謂有無意義，只在於是否自覺。我說「自覺」，就是用清明的眼睛清醒地認識自身與周圍的世界。

**劉：**清明的眼睛，清醒的意識，再加上充分的表述，確實是很大的幸福與意義。慧能的思想正是強調「自覺」。他的一個思想貢獻，是把佛學的外三寶——佛、法、僧，變為內三寶：覺、正、淨。這是一個關鍵。把外在的求佛、求法、求救，變成內在的自覺，變成清醒的意識。意義要從這種轉變中去開掘，去發現。少說一點改造世界的大話，多做一些改造自身的修煉，可能更好些。你如此強調當下，我的認識沒有你的徹底，我還是覺得人生必須有些未來之光，明天之光，也就是理想之光。我也不再相信有什麼烏托邦式的理想社會，但還是覺得需要有社會理想與個人理想。人總得有點夢，明知夢不真實，還是要做夢。

**高：**從事創作，無論是文學寫作還是作畫，創作的此時此刻已得趣其中，自由書寫和盡性書寫的本身，就得到極大的滿足，無需指望明天有人認可才得到滿足。如果說作品明天得到他人的認可與欣賞，那也是此時作品創造的價值。如果作者把他的審美感受轉移到非作品中去了，作品反而成了身外之物。而作者和作品的關係則又當別論。

劉：你身體仍然很弱，我們今天先講到這裡。

## （二）「認同」的陷阱（二〇〇五年二月，巴黎行健寓所）

劉：昨天我們討論了慧能的思想方式與生命方式，這樣，我們就有了一個精神座標和人格座標。慧能的精神最核心的一點是獨立不移。換句話說，慧能這一存在，是獨立不移的思想存在。

高：慧能是一千多年前的人了，可是，中國近代卻喪失了這種精神。個人的尊嚴，個人的自由表述，發出的個人獨立不移的聲音，這該是思想者的最高的價值，如今在政治與市場的雙重壓力下，一個作家都很難發出這樣的聲音。

劉：你昨天講得很好，作為一個作家，既然是一個獨立不移的個體存在，那就不能為他人的認可而寫作，當然也不能為大眾的認可、市場的認可、權力的認可而寫作。外在的評語，包括評論家的評語、大眾的評語、權勢者的評語，都不是重要的。重要的是自身內在真實而自由的聲音，是獨立而有價值的思想。作家當然也不能被「看不懂」的幼稚評論所影響。從蘇格拉底、柏拉圖到康德，真讀得懂的只是少數，多數人是讀不懂的。至今能走入卡夫卡、喬伊斯、福克納的文學世界的，也不是多數。有些人一輩子也進入不了卡夫卡、喬伊斯的世界。

**高：**寫作不求外部力量的認可，這才有自由。另一方面，我們個人也不去認同外部力量。我覺得作家和思想者的基本品格不是「認同」，而是常常不認同。我一直把「認同」二字視為政治話語的範疇。我們作為思想者和作家，講的寫的是文學話語、思想話語，而不是政治話語。

**劉：**把政治話語和文學話語區別開來，非常重要。政治總是要求認同，也需要他人去認同。你必須認同我，否則就消滅你，這是強權的專制原則，與自由原則正好相反。這種「認同」的背後自然是政治利益，毫無真文學與真思想可言。

**高：**政治要求「認同」，如果無人跟隨便玩不轉。要求認同一種主義，一種時尚，一種話語，背後是權力和利益的操作。可憐的是不僅權勢要求「認同」，而大眾也要求作家去認同他們的趣味。弱者無力抗拒，只能跟隨潮流。群眾就這樣跟隨偶像，而成為盲流。

如果作家也隨大流，也一味去認同，也就無思想、無文學可言。

劉：你的《彼岸》告訴讀者觀眾，既不能當大眾的尾巴，也不能當大眾的領袖。尾巴必須遷就、迎合，必須認同大眾的意見，而領袖也必須遷就迎合。大眾總是追求平均而達到多數。而思想者卻注定是少數，是異數，是單數，一旦成為領袖，就沒有突破平均數的自由，也就沒有獨立思想的可能。

高：拒絕當領袖，這一點特別要緊。《彼岸》的主人公這人就拒絕當領袖。大眾找領袖，要找個帶頭羊。這人拒絕當這樣的領袖。當領袖，就得進入權力之爭，那無窮無盡、無休無止的權力之爭和利益的平衡，會弄得人身心憔悴。政治權力運作機制注定要消滅異己，容不得獨立思考。我們交往二十多年，我早就發現你也是一個拒絕充當領袖的人，二十年前就被推選出來當文學研究所所長，而你從來沒有領袖心態，寨主心態，一上任就高舉學術自由的旗幟，一旦舉不了就毅然退出，選擇逃亡。

劉：要獨立思想，確實需要遠離權力中心，甘居邊緣地位。又想當領袖，又想當獨立思想者，企圖兼得魚與熊掌，這絕對是妄念。思想的自由，表述的自由，是最高的價值。它在一切價值之上，這對我們來說，是須臾不可忘卻的。有了這一基石，任何其他的東西，包括領袖的桂冠都可以放下。

高：一個人只要內心獨立不移，浪跡天涯，何處不可為生？何處不能寫作？說自己要說的話就是了，還認同什麼？迎合什麼？企求什麼？

劉：當然，不迎合，不認同，就會陷入孤獨。出國這十幾年，我對孤獨算是有了刻骨銘心的體驗。從害怕孤獨到享受孤獨，這個過程讓我明白，孤獨正是自由的必要條件，孤獨中與自己對話，與上帝對話，與偉大的靈魂對話，何必他人的認可，何必去認同那變來變去的時尚和潮流？

高：這孤獨是命定的，也是人的常態，不是壞事。甚至應當說，孤獨是自由思想必要的前提。把孤獨視為常態，視為自由的必要條件，這正是個人意識的覺醒。

劉：你剛才說，老講「認同」實際上是政治話語而非文學話語。文學創作首先要走出平庸，追求原創，言前人所未言，當然不能老講「認同」，但是，一個作家認同自己的民族語言、民族宗教、民族文化，是不是也無可非議？

**高：**本來是無可非議的，法國人說法語，中國人說漢語，都有深厚的文化傳統，這是很自然的。但是，如果把這種認同，變成一種文化政策，變成意識形態，成為一種政治取向，就得警惕了。事實上，今天任何一個受過高等教育的人，所接受的文化，都不僅是一個民族的文化。當今文化和資訊的交流如此方便，地球相對變得很小，可以說，已經沒有一個東方作家不受西方文化的影響，也找不到一個西方作家對東方文化一無所知。無論你出身哪個國家哪個民族，只要你受過高等教育，你就不可能是一個純粹民族文化的載體，只是承認不承認而已。在這種歷史條件下，強調民族文化的認同對文學創作有什麼意義？恐怕只有政治意義。所以我說強調認同民族文化，只能導致政治上的民族主義。

**劉：**關於民族主義，幾年前我和李澤厚先生有個對談，我們也是持批評態度的。你剛才說現今的知識分子已不是純粹民族文化的載體，這是一個事實。所以我們在講文化傳統的時候，一方面當然要尊重創造這種文化傳統的民族主體，但是，另一方面，則應當承認，優秀文化一旦創造出來又成了全人類的共同精神財富，具有普世價值。二十世紀科學技術的突飛猛進，文化傳播手段的迅速發展，使不同民族創造出來的文化文學成果的交流更加容易，國界對文學而言也愈來愈失去意義。有位朋友說「美文不可譯」，但我始終認為文學具有可譯性。心靈也可溝通。人類的心靈歸根結柢是可以相通的。記得你在談普世性寫作時說，必須確立一個前提，就是人類具有共同的深層文化意識。所謂普世性寫作，就是承認在地球上居住的所有的人，其人性底層都是相通的。文學如果老講民族認同，不能關注人類普遍困境，結果會越來越偏執，越來越貧乏。這裡還涉及到一個個體精神價值創造的自由問題。

**高：**不錯，個體在現實關係中實際上是不自由的，但在精神領域卻有絕對自由，或者說，精神領域中的自由是無限的，就看你怎樣發展。在文學創作中，作家盡可以超越社會、政治的限制，也超越現實的時空。這種精神自由，並不是任意自我宣洩，自我膨脹，相反是從現實的困境和人自身的困惑中解脫出來。

**劉：**這樣，才不會去他人設計的棋局中當一枚棋子，也才不會在他人設計的機器中當一顆螺絲釘。強調個體的獨立價值，並不等於誇大個人的力量，你一再說，任何個體都是脆弱的個體，並非尼采所說的「超人」。在現實關係中個體的行為受到社會制約，並非無所不能。自以為可以代替上帝，只能像尼采一樣弄得發瘋。不可以把個人視為他人的救主而凌駕於他人之上，也不能因為自己的自由而損害他人的自由。尼采的「超人」在現實生活中最後不是成為暴君，就是成為瘋子。

**高：**我們在批評「認同」這種媚俗的原則與政治話語的時候，發出的是個人的聲音，並非超人的聲音，也不是持不同政見者的聲音。

**劉：**關於這點，我在《高行健論》中特別作了說明，說明你擺脫了三個框架：一是國家框架與民族框架；二是持不同政見的政治框架；三是本族語言框架。持不同政見，是在政治層面上不認同權力中心，但它又要求他人認同它的政見，上它的政治戰車，追隨它的另一套政治話語。

**高：**一個作家當然有自己的政治見解，在現實政治中，贊成什麼反對什麼乃至於公開發表政見，批評當權者或者集權政治。我就一再表明我的政治態度，而且從不妥協去順應潮流或謀取利益。但是，我的文學創作必須遠遠超越現實政治，不作政見的傳聲筒。把文學變成政治控訴或吶喊，只能降低了文學的品格。文學不屈從任何功利，也包括政治功利。

劉：《逃亡》和《一個人的聖經》的成功，正是擺脫了「持不同政見」的框架。把逃亡提升到哲學的高度，呈現人類生存的普遍的困境，而且觸及人性很深，完全可以當作一部希臘悲劇來讀，難怪這部戲從歐洲演到美洲乃至非洲。

高：《一個人的聖經》也不只是譴責、控訴文化大革命，這本書建構在東西方更為寬闊的背景上，面對二十世紀中國的文革和德國法西斯造成的人類的巨大的災難，個人的艱難處境和脆弱的內心的種種困境令人深思。每一個民族，在古代差不多都有一部聖經，現今的個人，恐怕也得有本這樣的書。而我從遠古神話《山海經》寫到慧能和他的《壇經》，到《野人》中民族史詩《黑暗傳》的消亡，再到《夜遊神》超人式的現代基督之不可能，以及《叩問死亡》對當代西方社會的尖銳批評，都是所謂「持不同政見」那種狹窄的眼光無法容納的。

劉：還有一點是我想討論的。你批評民族文化認同可能會變成政治話語，那麼，現在全球化的潮流鋪天蓋地，認同這一潮流，是不是也有問題？

高：「全球化」是無法抗拒的，這是現時代普遍的經濟規律，而且不可逆轉，只能不斷協商和調節，面對這全球化的市場經濟，別說個人無能為力，就連政府也無法用行政手段或立法來加以阻擋。這無邊無際的怪物就這樣出現了。可以超越是非判斷，但無法預言這將導致怎樣的後果。

**劉：**在社會生活方面，我對全球化潮流不持反對態度。因為上世紀末以來的全球化潮流是技術所推動的，是人類社會發展的自然結果。這與從十六世紀至十九世紀的用槍炮所推動的殖民化性質不同。槍炮所推動的是侵略性的殖民主義化，而技術推動的全球化是經濟一體化。儘管在社會生活層面上，我能理解全球化，但在文化層面上，尤其是文學藝術層面，卻對此一大潮流充分警惕。一體化潮流，也可視為一律化潮流。文學藝術最怕的就是一律化，最怕的就是個性的消滅。全球化大潮流席捲下，民族性都沒有了，更何況個性。我們警惕各種「認同」的陷阱，歸根結柢，是警惕落入「一律化」、「一統化」、「一般化」的陷阱。

**高：**文學不是商品，不能同化為商品。這是我們能說的。但是，全球化的潮流正在改變文學的性質，把文學也變成一種大眾文化消費品。作家如果不屈從這種潮流，不追蹤時尚的口味，製作各種各樣的暢銷書，就只有自甘寂寞。因此，問題轉而就變成了作家自己是否耐得住寂寞。可用句老話：「自古聖賢皆寂寞。」所以，退一步來說，從來如此，而文學並沒有死亡。

## （三）走出老題目、老角色（二〇〇五年二月，巴黎行健寓所）

**劉**：我們正處於新世紀之初，我最想和你談論一些新世紀的新題目，也就是說，應當告別二十世紀的一些老題目。你的「沒有主義」，我和澤厚兄的「告別革命」，都是在告別老題目。從事文學創作和人文科學，既要講真話，又要講新話。講新話不是刻意標新立異，宣告以前的理念都過時了，而是要面對現實，說出真實的聲音，說出新見解。

**高**：走出老題目，也不必充當老角色。作家也需要調整自己的位置，例如，「戰士」、「鬥士」、「烈士」、「英雄」乃至「受難者」這一類的角色，我以為也得告別。

**劉**：我是一個多元論者，作家要扮演何種角色，有自己選擇的自由，有的作家就選擇擁抱社會，充當社會改革志士、鬥士、戰士的角色，例如魯迅。有的則遠離這種角色，當隱士、逸士、高士，築起籬笆和圍牆，在自己的園地裡談龍說虎飲茶讀書，這也沒有什麼不可以。問題是在我們經歷的年代裡，作家的角色被規定死了，只能充當戰士型的革命作家的角色，這就失去自由。

**高：**魯迅就不允許別人當隱士，還批判傳統的隱逸文化。

**劉：**你的《靈山》就是隱逸文化、自然文化、禪宗文化、民間文化的匯流，小說中的角色是純粹的精神角色，即身遊者與神遊者的角色，而不是世俗的角色，我一直懷疑，作家是否一定要在世俗社會中充當一個世俗的角色。但是有些作家沒有找到世俗的角色就不自在，這大約是因為角色可以帶來許多世俗的利益。

**高：**二十世紀有一種時髦，就是作家都得扮演頂天立地的大角色，不是社會良心，就是正義化身。我對這種角色一直持懷疑的態度。一些作家，滿身救世情結，批判社會，甚至鼓吹暴力。舊世界是否一定要砸碎？新世界是否一定就好？他人都成了地獄，唯我獨尊，可不就成了上帝。自我膨脹到這個地步，也會成為地獄。

**劉：**連沙特也扮演這種大角色。認為他人是自我的地獄，一定會形成一種反社會的人格。一九六八年法國左翼知識分子那麼熱心支持中國的紅衛兵運動都是救世情結。二十年前，我也曾熱中於充當正義的化身，社會良心，後來才明白這是一種幻想。幻想在嚴酷的現實的地上撞碎，才清醒過來。才覺得最為迫切的還是正視自身的脆弱、困境和黑暗面，首先自救。不自救，哪來的清醒。

**高**：早期共產黨人鼓吹烏托邦，現在看來，是一種幻影、幻想，一種救世的虛妄。中國知識分子，一百多年呼喚的理想社會，什麼時候實現過？不必再重彈老調，再製造救世的幻想，這種空洞的高調該結束了。

**劉**：不過，有一個問題，我常常在想，作家因為有審美理想，因此總是對社會不滿意，事實上也不能離開社會，如果不充當社會批判者，不以批判社會為前提，那麼，作家與社會又是怎樣一種關係呢？

**高**：作家只是一個見證人，見證社會，見證歷史，也見證人性。盡可能真實地呈現這大千世界和人類的生存困境及人自身的種種困惑，既超越政治的局限，也超越是非倫理的判斷，我以為這才是作家要做的事。作家要把他見證到的東西加以呈現，因此，他又是呈現者。我覺得這才是作家的位置與角色。

**劉：** 不做革命者、顛覆者、烏托邦鼓吹者，也不做社會審判者、批判者，而做見證人和呈現者，你正是選擇了這樣的位置和角色，所以你贏得了創作的冷靜，創造了「冷文學」。你在二〇〇〇年獲獎的演說中充分闡釋了這種立場。你以前在和我交談中甚至肯定《金瓶梅》，恐怕也是從見證社會與呈現人性出發，這部小說不作道德價值判斷。

**高：** 不錯。《金瓶梅》這部小說除了性行為過分渲染之外，其他部分寫得相當冷靜。它把家庭社會人際關係的殘酷呈現得那麼充分，對人性的惡一點也不迴避，對作家所處的時代提供了一幅幅非常真實的眾生相，可說是一部現實主義的傑作，並且比西方現實主義文學早了一百多年。

**劉：** 《紅樓夢》更是如此，它見證社會，見證歷史，是任何社會學家、歷史學家所不可比擬的。因為有《紅樓夢》，我們對清代的社會歷史，才有了真切的認識。而《紅樓夢》除了寫出人情詩意的一面，也寫出人際關係殘酷的一面，像王熙鳳的鐵血手段就很殘酷，但曹雪芹並不作道德審判，也不作歷史審判，說它「反封建」，是後人在評論中強加給小說的理念。

高：曹雪芹也只是見證歷史、見證人性，並不是以社會批判為創作前提，上世紀許多研究《紅樓夢》的文章，把《紅樓夢》說成是一部批判書，批判封建主義，把它意識形態化了，不僅不了解《紅樓夢》的藝術價值，也遠遠沒有讀懂這部恢弘博大的書。

劉：不以「社會批判」為創作前提，這顯然有利於作家進入人性的深度。作家如果僅僅思考社會的合理性問題，以改造社會為使命，自然就會削弱對人性的探究。從這個意義上，我很理解你的見解。但是，一個作家往往同時又是一個知識分子。作為知識分子，他從寫作狀態中游離出來關懷社會，就不能不如薩依德所說的，要「對權勢者說真話」，要對社會進行批判。我想，你指的是作家的專業角色。

高：我所講的當然是作家的身分和位置，知識分子的角色問題應另當別論。不過，作為知識分子，也未必能擔負「正義化身」、「社會良心」、「救世主」的角色。作家從社會關係中抽離出來，自居於邊緣，並不是不關心社會。這種獨立不移，拒絕作為政治附庸，往往正是對權力和習俗的挑戰，但是，並非一味譴責、控訴社會，而是通過作品喚起一種更清醒的認識。

劉：作家對社會的關懷確實可以有多種層面，以為直接干預社會才是關懷，便把關懷狹窄化了。喚起清醒意識，當然也是關懷，我在多次關於你的演講中，也提到你的「冷觀」。我說從卡夫卡到高行健，都是冷觀者，不是審判者。無論是卡夫卡還是你，其創作的詩意的源泉，就在於冷觀。詩意不是來自社會批判的激情，而是來自省觀社會省觀人性的態度，這一點，恐怕正是理解你的作品的關鍵。

高：不能把卡夫卡僅僅理解成資本主義社會的批判者。卡夫卡首先揭示了現代社會人的真實處境，個人在現實社會關係中像蟲子一樣可憐，隨時受到莫名其妙的審判，而種種社會烏托邦不過是可望而不可即的城堡，卡夫卡是二十世紀現代文學真正的先驅。他結束了浪漫主義文學時代，卡夫卡出現之後，作家如果還只有浪漫激情，就顯得浮淺。

劉：卡夫卡確實是個扭轉文學乾坤的巨人，以他為樞紐，西方文學從以抒情、浪漫為基調轉向以荒誕為基調，他結束了歌德、拜倫的浪漫激情，開闢了現代文學的全新道路，有了他，才有之後的貝克特、卡繆、尤奈斯庫等，也才有你和品特。

**高：**卡夫卡沒有過時，卡夫卡筆下的時代並沒有結束。現時代人的困境愈來愈荒誕。人在強大的商品化潮流面前，顯得更加脆弱。十九世紀末出了兩位德語作家，一位尼采，一位卡夫卡。尼采的浪漫激情製造「超人」神話，後來的所謂「正義化身」、「社會良心」、「救世主」等，都是「超人」的變種。可卡夫卡遠離這種超人神話，他筆下的人，不僅不是超人，也不是大寫的人，而是非人的甲蟲，被社會異化。

**劉：**關於卡夫卡與尼采，明天再談談。現在我還要繼續和你探討作家角色與知識分子角色的衝突問題。也就是充當知識分子角色，會不會影響作家的創作。在我看來，這兩種角色有矛盾，但也相通，正如你剛才所說，作家也需要有社會關懷。無論是知識分子還是作家，都應當有大同情心，大慈悲心。像托爾斯泰，他就既是很好的作家，又是很好的知識分子，他的真摯的社會關懷、人間關懷，不僅沒有影響他的文學寫作，而且使他的文學寫作具有更深廣的精神內涵。但是，這兩種角色確實也會產生衝突。以魯迅來說吧，他一直兼有這兩種角色，而且兩者都很重。知識分子的角色使他當啟蒙者，使他特別關懷社會底層，也使他的作品具有更重的悲劇感，更有震撼人心的力量。但是，他的後期，知識分子的角色太重了，重到壓倒作家的角色。他主張作家要熱烈擁抱是非，自己也熱烈投入是非，所以只能不斷地寫雜文，不斷地進行社會批判。他的雜文，其社會批判的力度無人可比，也創造了許多社會相的類型形象，但是，從整體上說，他的文學創作成就還不如五四的《吶喊》、《徬徨》時期和五四後的《野草》時期。

高：後期的魯迅，作為知識分子，毫無疑問，當然很傑出，思想犀利，敢於說真話，中國知識界裡無人能比。但在文學創作上，後期的魯迅就不如前期，非常可惜，戰士的角色壓倒了文學家魯迅的角色。這樣，他後期作品的文學價值就不如前期。

劉：魯迅和你是中國二十世紀文學中兩種完全不同的精神類型和創作類型，一是熱文學，一是冷文學；一是熱烈擁抱社會擁抱是非，一是抽離社會冷觀是非。兩者都有理由。我一直說我是多元論者，不願意對兩種不同類型作價值判斷，褒此抑彼。今天，只是在探討，作家在扮演知識分子角色時，是否應當掌握一定的度數，一旦進入太深太強烈，會給文學帶來什麼問題。

高：我認為，作家最好別去充當諸如媒體主持人那類所謂「公共知識分子」，一旦充當這種角色，又要扮演「正義化身」、「社會良心」，往往不得不製造一種假象，當今世界，無論是東方還是西方，媒體主持人這類「公共知識分子」，事實上都具有強烈的政治傾向，早已喪失了客觀立場。作家如果也扮演這種角色，就不能冷靜地見證歷史，評價現實，也難以面對事實，搞不好就成了作秀。這種知識分子的角色顯然與作家的身分有矛盾。

**劉：**這一點我非常贊成。媒體知識分子只有公共性，沒有個性。而作家之所以是作家，恰恰是他的個性。

## （四）現代基督的困境（二〇〇五年二月，巴黎行健寓所）

**劉：**這幾天和你交談，我更能理解你的《夜遊神》了。前三年，劉心武曾告訴我，行健的《夜遊神》非常完美，你要特別留心一下。那時我已讀過多遍，每次閱讀都如同進入噩夢，竟然沒有注意到藝術。心武提醒後我又讀了，這才覺得可把《夜遊神》視為《八月雪》的姊妹篇，其思想藝術分量也不相上下。《八月雪》講的是拒絕進入權力結構的自救的故事，《夜遊神》講的則是一旦進入權力關係則如進入絞肉機，無以自拔。這個權力關係還不是上層的政治權力結構，只是社會底層的無所不在的權力關係。要讀懂《夜遊神》，首先需要掌握一把鑰匙，這就是卡夫卡。不知卡夫卡，就講不清《夜遊神》所呈現的現代人的荒誕處境。

**高**：卡夫卡沒有過時。今天人類的生存困境比卡夫卡在世時還要深。卡夫卡是現代意識的真正開端。一百年前，他的眼睛就那麼清明，就那麼清醒，真了不起。

**劉**：尼采生活在十九世紀下半葉，一九〇〇年去世；卡夫卡則跨入二十世紀。這兩位德語思想者都是天才，恰好呈現思想的兩極，一個那麼熱，一個那麼冷。你一再批評尼采而推崇卡夫卡。用德語作家的兩個座標來閱讀你的全部作品，便可通暢無阻了。

**高**：中國現代文學受尼采影響很深。五四新文學運動，尼采和易卜生的名字都是旗幟。但很奇怪，卡夫卡一直不在中國現代作家的視野之內。

**劉**：的確如此。即使是魯迅、張愛玲、施蟄存這些有現代意識的作家，也只知佛洛依德，不知卡夫卡。

**高**：卡夫卡對現代人類生存困境認識的深度無人可比，那麼清醒的作家在他同時代還找不到第二個人。把尼采作為現代文學的啟蒙是一個誤解，他其實是十九世紀浪漫主義文學的終結。現代文學其實發端於卡夫卡，他之後才有貝克特和卡繆。

**劉**：大約因為卡夫卡不在中國現代作家的視野之內，所以中國現代文學的現代意識並不強，像魯迅的《野草》這種超越啟蒙而叩問存在意義的作品極少。被稱為現代感覺派的施蟄存、劉吶鷗等，實際上是佛洛依德「潛意識」的形象轉達，正如左翼作家的許多作品是馬克思主義意識形態的形象轉達。左翼作家揭露的是社會問題，並不觸及人性的深層困境。卡夫卡進入你的視野，大約和貝克特進入的時間差不多。《車站》上演後人們批評你太近似貝克特，但沒人想到你已進入卡夫卡。

**高**：這種批評也是一種遁詞，既要同官方保持一致，又別太明顯成為黨的喉舌。《車站》是一齣生活喜劇，離貝克特甚遠。貝克特同卡夫卡倒是一脈相承，而貝克特有種深厚的悲觀主義，卡夫卡卻訴諸黑色幽默，這方面他也是先驅，他不悲憤、不控訴，以黑的玩笑來回應人的荒誕處境，這便是他的深刻之處。

**劉**：我覺得《夜遊神》很像《審判》，甚至可以說是《審判》的當代版。經歷了文化大革命，才比較容易理解《審判》。主人公K，好端端的一個人，什麼問題也沒有，可是突然被控告有罪，必須每個星期回去接受審判，於是，所有的人，包括他的父親、同學都覺得他有罪，都迴避他，用另一種眼睛看他，而最痛苦的是他壓根不知道自己犯了什麼罪。一個好端端的人，什麼壞事也沒做過，就這樣為天、地、人所不容，何等荒謬。而《夜遊神》的主角，也是一個好端端的人，一個什麼問題也沒有的人，而且是個善心人，只是在夜間到街上走走，但是，這一走，這一進入街頭的人際關係，便無法擺脫，落入「那主」、流氓、妓女的關係網路之中。這個主角可看作是普通的現代人，也可以視為現代知識人，甚至現代基督，他滿懷好心，卻落到自我毀滅的地步。

**高：**把主人公當作現代基督未嘗不可。哪怕是基督一旦進入現實世界，這現實的人際關係和權力結構就把他毀了。當救世主是否可能？他要去化解惡，卻不可避免陷入惡的關係網路之中，這就是現時代基督的命運。

**劉：**主人公本來是想反抗惡的，結果是連他自己也訴諸於惡。本想反抗暴力，最後自己也訴諸暴力。所有關係中的其他角色，都義正辭嚴地要把他拖入權力角逐場，拖入絞肉機，你不想捲入也得捲入。就像一顆珠子落入大轉盤之中，只能跟著轉到底，想要跳出轉盤，毫無辦法，這大約正是現代人的困境。沒有選擇的自由，不能把握自己的命運，個個成了利益關係的人質，權力結構的奴隸。

高：《夜遊神》是一個現代寓言，一個黑色的幽默。

劉：《夜遊神》好像是末日的預告。彷彿這個世界已無可救藥，連基督也無能為力，你是不是太悲觀了？

高：對世界的這種認識，其實，既不悲觀，當然也不樂觀，只面對真實的世界，做一個觀察者，一個見證人，不企圖改造這個世界，也改造不了。世界如此這般，爭鬥不息，基督才被送上了十字架。只是復活後的基督，面對的是人類更深的困境。現時代的救世主不可能有更好的命運。

劉：不用說救世，只是想獨立、想與權力關係拉開距離就很難，這才是現代人的真處境。《夜遊神》呈現的這種處境，其實很真實：人無法乾乾淨淨活著，一旦沾上泥坑，便越滾越髒。如果你不能抽身逃亡，就只能在污泥中窒息。現代基督面臨的問題不只是疾病、饑荒、戰爭和自然災害，而是人性深層難以改變的自私和貪婪，是各種妄念構成的惡，是權力與利益互相交織而化解不開的生存場。還有無休止的自我膨脹，弄不好也變成了地獄。現代基督如同《夜遊神》的主角，一進入現實權力與利益交織的關係網路，就如同掉進了泥坑，甚至如同掉進了鬥獸場。

**高：**基督受難是因為信仰，而現代基督受難卻往往莫名其妙。

**劉：**所謂莫名其妙，是莫名其妙地被捲入噩夢般的紛爭，然後莫名其妙地受罪，然後又背上各種莫名其妙的罪名，全與信仰無關。所以我說《夜遊神》是《審判》的當代版。只是《審判》中的那個K，到了你的筆下，內心也變得一片混沌，最後不是被他人所打殺，而是自我了結。你這部戲，找到一個意象，把自我關係投射到他人關係之中，把那麼多人變成自我的投射與外化，這個K的內心也充滿欲念妄念。你給K呈現了一幅內心景象，一幅現代人內心幽暗的景觀，我想稱之為內荒誕。你從卡夫卡出發，但沒有停留在卡夫卡那裡，你從外到內，從外荒誕走到內荒誕，表現的是人與世界的雙重荒誕。

**高：**說世界是一片混沌，但人自己的內心又何嘗不也是一片混沌。卡夫卡寫人與外部世界的疏離，陌生化，而現時代人自我膨脹，內心分裂。外部世界不可理喻，內心也沒有著落。外在的處境如泥坑，內心的世界如深淵，裡外都荒誕，較之卡夫卡的時代，人的這種危機更令人困惑。

**劉：**你和卡夫卡都有一雙冷觀的眼睛，一副傾聽的耳朵，作為創作主體，都自我淨化，自己與自己拉開距離，這是至關重要的。只有這樣，觀察客體時才沒有情緒，呈現時才不會狂熱。而這雙眼睛不僅冷觀世界，而且冷觀自我，換句話說，不僅觀外在世界，而且觀自在。所以呈現於作品中，卡夫卡是K（主人公）與W（World世界）的陌生化，而你則是在K與W的疏離之外加上K與K的疏離。《夜遊神》的主角最後自我無法解脫，決定不再思想，自己砸碎自己的腦袋。說到這裡，我想問你，你是不是太殘酷了，你讓現代基督沒有救贖的可能，難道也沒有自救的可能？

**高：**自救的可能永遠存在。作為智者，自救的辦法就是逃亡，從中心逃到邊緣，從政治與市場中退出，從各種權力關係中退出。所以，十六年前，我就開玩笑對你說：我們的任務就是逃亡，自己救自己。其實，也只能自己救自己。

**劉：**二十世紀是一個抹煞人的時代，通過機器、通過戰爭、通過革命暴力、通過政治運動、通過市場操作一再抹煞人，抹煞人的尊嚴，掏空人的價值，倖存的人活得非常累，非常假，非常荒誕。我們在交談中和在寫作中，都充分意識到這種世紀性的抹煞，所以要反抹煞。而反抹煞，不是造反，不是顛覆，不是革命，不是以牙還牙，不是打倒、消滅、橫掃、大批判，這類方式一概不取，而是自救，抽離，冷觀，訴諸清醒的意識，去贏得自由而真實的呈現與表述。你的作品告訴讀者的，也正是這些思想，領悟了這些，才不至於被抹煞，才能留下最重要的那點東西，這就是人的尊嚴。

# 第五輯

# 高行健創作年表

（截止於二〇一六年十月）

劉再復整理

一九四〇年　生於江西贛州，祖籍江蘇泰州。

一九五七年　畢業於南京市第十中學（前金陵大學附中）。

一九六二年　畢業於北京外國語學院法語系。從事翻譯。

一九七〇年　下放農村勞動。

一九七五年　回到北京，重操舊業。

一九七九年　作為中國作家代表團的翻譯，陪同巴金出訪法國。

一九八〇年　《寒夜的星辰》（中篇小說），廣州《花城》一九八〇年第二期刊載。

《現代小說技巧初探》（隨筆），廣州《隨筆》月刊一九八〇年初開始連載。

〈法蘭西現代文學的痛苦〉（論文），武漢《外國文學研究》一九八〇年第一期刊載。

〈法國現代派人民詩人普列維爾和他的《歌詞集》〉（評論），廣州《花城》一九八〇年第五期刊載。

〈巴金在巴黎〉（散文），北京《當代》一九八〇年創刊號刊載。

一九八一年

〈有隻鴿子叫紅唇兒〉（中篇小說），上海《收穫》一九八一年第三期刊載。

〈朋友〉（短篇小說），河南《莽原》一九八一年第二期刊載。

〈雨雪及其他〉（短篇小說），北京《醜小鴨》一九八一年第七期刊載。

《現代小說技巧初探》（論著），廣州花城出版社出版。

〈義大利隨想曲〉（散文），廣州《花城》一九八一年第三期。

一九八二年

《現代小說技巧初探》（再版）引起中國文學界關於現代主義與現實主義的爭論。

〈絕對信號〉（劇作），北京《十月》一九八二年第五期刊載。北京人民藝術劇院首演，導演林兆華，演出逾百場，引起爭論，全國上十個劇團紛紛上演。

〈路上〉（短篇小說），北京《人民文學》一九八二年第九期刊載。

〈海上〉（短篇小說），《醜小鴨》一九八二年第九期刊載。

〈二十五年後〉（短篇小說），上海《文匯月刊》一九八二年第十一期刊載。

〈談小說觀與小說技巧〉（論文），南京《鍾山》一九八二年第六期刊載。

一九八三年

〈談現代小說與讀者的關係〉（隨筆），成都《青年作家》一九八三年第三期刊載。

〈談冷抒情與反抒情〉（隨筆），河南《文學知識》一九八三年第三期刊載。
〈質樸與純淨〉（隨筆），上海《文學報》一九八三年五月十九日刊載。
〈花環〉（短篇小說），上海《文匯月刊》一九八三年第五期刊載。
〈圓恩寺〉（短篇小說），大連《海燕》一九八三年第八期刊載。
〈母親〉（短篇小說），北京《十月》一九八三年第四期刊載。
〈河那邊〉（短篇小說），南京《鍾山》一九八三年第六期刊載。
〈鞋匠和他的女兒〉（短篇小說），成都《青年作家》一九八三年第三期刊載。
〈論戲劇觀〉（論文），上海《戲劇界》一九八三年第一期刊載。
〈談多聲部戲劇實驗〉（創作談），北京《戲劇電影報》一九八三年第二十五期刊載。
〈談現代戲劇手段〉、〈談劇場性〉、〈談戲劇性〉、〈動作與過程〉、〈時間與空間〉、〈談假定性〉一系列關於戲劇理論的文章，在廣州《隨筆》上從一九八三年第一期連到第六期，之後中斷。
〈車站〉（劇作），北京《十月》一九八三年第三期刊載，北京人民藝術劇院首演，導演林兆華，隨即被禁演。作者在「清除精神污染」運動中受到批判，不得發表作品近一年之久。其間，作者離開北京，漫遊長江流域，行程八個省，長達一萬五千公里。

一九八四年

〈花豆〉（短篇小說），北京《人民文學》一九八四年第九期刊載，作者重新得以發表作品。

《現代折子戲》（〈模仿者〉、〈躲雨〉、〈行路難〉、〈喀巴拉山口〉四折），南京《鍾山》一九八四年第四期刊載。

南斯拉夫上演《車站》。

匈牙利電台廣播《車站》。

《有隻鴿子叫紅唇兒》（中篇小說集），北京十月文藝出版社出版。

〈我的戲劇觀〉（創作談），北京《戲劇論叢》一九八四年第四期刊載。

〈獨白〉（劇作），北京《新劇本》第一期刊載。

一九八五年

〈野人〉（劇作），北京《十月》一九八五年第二期刊載，北京人民藝術劇院首演，導演林兆華，再度引起爭論。

〈花豆〉（電影劇本），北京《醜小鴨》一九八五年底一、二期連載。

〈侮辱〉（短篇小說），成都《青年作家》一九八五年第七期刊載。

〈公園裡〉（短篇小說），《南方文學》一九八五年第四期刊載。

〈車禍〉（短篇小說），《福建文學》一九八五年第五期刊載。

〈無題〉（短篇小說），《小說週報》一九八五年第一期刊載。

「尹光中、高行健繪畫陶塑展」，北京人民藝術劇院展出。

〈《野人》和我〉（創作談），北京《戲劇電影報》一九八五年第十九期刊載。
〈我與布萊希特〉（隨筆），北京《青藝》一九八五年增刊刊載。
《高行健戲劇集》，北京群眾出版社出版。
〈《絕對信號》的藝術探索〉，《絕對信號》劇組編輯，中國戲劇出版社出版。

一九八六年

應聯邦德國文藝學會柏林藝術計畫（DAAD）邀請赴德，在柏林市貝塔寧藝術之家（Berliner Kunsterhaus Bethanian）舉行《獨白》劇作朗誦會和他的水墨畫展。
法國外交部及文化部邀請，巴黎沙約國家劇院（Théâtre National de Chaillot）舉行他的戲劇創作討論會，他作了題為〈要什麼樣的戲劇〉的報告。
英國，愛丁堡國際戲劇節邀請他赴英。
維也納，史密德文化中心（Aite Schmide）舉行他的小說朗誦會和個人畫展。
丹麥，阿胡斯大學、德國波洪大學、波恩大學、柏林自由大學、烏茨堡大學、海德堡大學邀請，分別舉行他的創作報告會。
〈彼岸〉（劇作），北京《十月》一九八六年第五期刊載。
〈要什麼樣的戲劇？〉（論文），北京《文藝研究》一九八六年第四期刊載。該文法文譯文發表在巴黎出版的《想像》雜誌（*L'Imaginaire*）同年第一期。
〈評格羅多夫斯基的《邁向質樸的戲劇》〉（評論），《戲劇報》一九八六年第七期刊載。

〈談戲劇不要改革與要改革〉（隨筆），北京《戲曲研究》一九八六年第二十一期刊載。

〈給我老爺買魚竿〉（短篇小說），北京《人民文學》一九八六年第九期刊載。

法國，《世界報》（*Le Monde*）一九八六年五月十九日刊載〈公園裡〉法文譯文，譯者 Paul Poncet。

一九八七年

匈牙利，《外國文學》刊載〈車站〉匈牙利文譯文，譯者Polonyi Peter。

法國，里爾（Lille），北方省文化局舉辦他的個人畫展。

〈京華夜談〉（戲劇創作談），南京《鍾山》刊載。

瑞典，皇家劇院（Kungliga Dramatiska Teaern）首演《現代折子戲》中的〈躲雨〉，導演 Peter Wahilqvist，譯者馬悅然院士（Prof. Goran Malmqvist）。

英國，利茨（Litz）戲劇工作室演出《車站》。

德國，《今日戲劇》一九八七年第二期刊載《車站》節選。

香港，話劇研討會，香港話劇團舉行《彼岸》排演朗誦會。

法國，《短篇小說》（*Brèves*）第二十三期刊載〈母親〉法文譯文，譯者Paul Poncet。

德國，莫哈特藝術研究所（Morat Instit für Kunst und Kunstwissenschaft）邀請他赴德藝術創作。應法國文化部邀請，轉而居留巴黎。

一九八八年

《對一種現代戲劇的追求》（論文集），北京戲劇出版社出版。

〈遲到了的現代主義與當今中國文學〉（論文），北京《文學評論》一九八八年第三期刊載。

新加坡，「戲劇營」舉行講座，談他的實驗戲劇。

台灣，《聯合文學》一九八八年總第四十一期轉載〈彼岸〉和〈要什麼樣的戲劇〉。

香港，舞蹈團首演《冥城》，導演與編舞江青。

德國，漢堡，塔里亞劇院（Thalia Theater, Hamburg）演出《野人》，導演林兆華，譯者 Renate Crywa 和李健明。

英國，愛丁堡皇家劇院（Royal Lyceum Theater, Edinburg）舉行《野人》排演朗誦會。

法國，馬賽國家劇院（Théâtre National de Marseille）舉行《野人》排演朗誦會。

德國，Brockmeyer 出版社出版《車站》德文譯本，譯者顧彬教授（Prof. Wolfgang Kubin）。

德國，Brockmeyer 出版社出版《野人》德譯本，譯者 Minica Basting。

瑞典，Forum 出版社出版他的戲劇和短篇小說集《給我老爺買魚竿》瑞典文譯本，譯者馬悅然院士（Prof. N.G.D. Malmqvist）。

義大利，《語言叢刊》（*In Forma Di Parole*）刊載〈車站〉義大利文譯文，譯者 Danièle Crisa。

瑞典，東方博物館（Ostasiatiska Museet）舉辦他的個人畫展。

法國，瓦特盧市文化中心（Office Municipal des Beaux-Arts et de la Culture, Wattrelos）舉辦他的個人畫展。

一九八九年

應美國亞洲文化基金會邀請赴紐約。

《聲聲慢變奏》（舞蹈詩劇），舞蹈家江青在紐約古根漢美術館（Guggenheim Museum, New York）演出。

天安門事件之後，接受義大利*La Stempa*日報、法國電視五台和法國《南方》雜誌採訪，抗議中共當局鎮壓，退出中共。

瑞典，克拉普斯畫廊（Krapperrus Konsthall）舉行「高行健、王春麗聯展」。

法國，巴黎，大皇宮美術館（Grand Palais）舉辦的「具象批評派沙龍」（Figuration Critique），他的畫作參加一九八九年秋季展。

〈冥城〉（劇作），台北《女性人》一九八九年創刊號刊載。

《高行健戲劇研究》（文論集）許國榮編輯，北京，中國戲劇出版社出版。

德國*Die Hotena*雜誌刊載〈車禍〉，譯者Almut Richter。

一九九〇年

〈聲聲慢變奏〉（舞劇詩劇），台北《女性人》一九九〇年第九期刊載。

〈逃亡〉（劇作），瑞典斯德哥爾摩，《今天》一九九〇年第一期刊載。

〈要什麼樣的戲劇〉（論文），美國《廣場》一九九〇年第二期刊載。該文英譯文收在瑞典同年出版的諾貝爾學術論叢（*Nobel Symposium*）第二十七期《斯特林堡、奧尼爾與現代戲劇》論文集中。

《靈山》（長篇小說節選），台灣《聯合報》聯合副刊一月二十三日、二十四日連載。

〈我主張一種冷的文學〉（論文），台灣《中時晚報》副刊「時代文學」八月十二日刊載。

〈逃亡與文學〉（隨筆），台灣《中時晚報》副刊「時代文學」十月二十一日刊載。

台灣，國立藝術學院在台北首演《彼岸》，導演陳玲玲。

奧地利，Wiener Unterhaltungs Theater在維也納上演《車站》，導演Anselm Lipgens，譯者顧彬教授（Prof. Wolfgan Kubin）。

香港，海豹劇團上演《野人》，導演羅卡。

巴黎，大皇宮美術館（Grand Palais），參加「具象批評派沙龍」（Figuration Critique）一九九〇年秋季展。

「具象批評派沙龍」一九九〇年莫斯科、聖彼德堡巡迴展，他的畫參展。

法國，馬賽，中國之光協會（La Lumière de Chine，Marseille）舉辦他的個人畫展。

美國，《亞洲戲劇》（*Asian Theater Journal*）一九九〇年第二期刊載《野人》英譯文，譯者Bruno Roubicec。

《靈山》（長篇小說），台灣聯經出版公司出版。

一九九一年
〈瞬間〉（短篇小說），台灣《中時晚報》副刊「時代文學」九月一日刊載。
〈巴黎隨筆〉（隨筆），美國《廣場》第四期刊載。
〈生死界〉（劇作），法國文化部定購劇碼，瑞典斯德哥爾摩，《今天》一九九一年第一期刊載。
北京，中國青年出版社出版《逃亡「精英」反動言論集》，把《逃亡》定為反動作品，收入該書，作為批判材料。
瑞典，斯德哥爾摩大學舉辦《靈山》的討論會，作者作了題為〈文學與玄學〉的報告。
瑞典，皇家劇院舉辦他的劇作《逃亡》與《獨白》朗誦會和報告會。他發表題為〈關於《逃亡》〉的講話，台灣《聯合報》副刊一九九一年六月十七日刊載了該文。
日本JICC出版社出版短篇小說集《紙上的四月》，刊載〈瞬間〉，日文譯者宮尾正樹。
巴黎，大皇宮美術館（Grand Palais），參加「具象批評派沙龍」（Figuration Critique）一九九一年秋季展。
法國，Rambouillet，Espace d'Art Contemporain Confluence畫廊舉辦他的個人畫展。
法國，巴黎第七大學舉辦亞洲當代文學戲劇討論會，他作了報告，題為〈我的戲劇我的鑰匙〉。
德國，文藝學會柏林藝術計畫（DAAD）主辦中德作家藝術家「光流」交流活動，舉辦

《生死界》的朗誦會。

一九九二年 〈隔日黃花〉（隨筆），美國《民主中國》一九九二年總第八期刊載。

法國，馬賽，亞洲中心（Centre d'Asie, Marseille）舉辦他的個人畫展。

法國，聖愛爾布蘭市外國劇作家之家（Maison des Auteurs de Théâtre Etrangers. Saint-Herblan）邀請，寫作劇本《對話與反詰》。

瑞典，斯德哥爾摩，皇家劇院（Kungliga Dramatiska Teatern）首演《逃亡》。導演Bjorn Granath，譯者馬悅然院士（Prof. Goran Malmqvist）。

瑞典，倫德大學邀請，他作了報告，題為〈海外中國文學面臨的困境〉。

英國，倫敦當代藝術中心（Institut of Contemporary Arts, London）舉辦《逃亡》朗誦會。他在倫敦大學和利茨大學分別舉行題為〈中國流亡文學的困境〉和〈我的戲劇〉報告會。

英國，BBC電台廣播《逃亡》。

法國，麥茨，藍圈當代藝術畫廊（Le Cercle Bleu, Espace d'Art Contemporain, Metz）舉辦他的個人畫展。

法國政府授予他藝術與文學騎士勳章（Chevalier de l'Ordre des Arts et des Lettres）。

奧地利，維也納，Theatre des Augenblicks首演《對話與反詰》，他本人執導，譯者

Alexandra Hartmann。

德國，紐倫堡，城市劇院（Nurnberg Theater）上演《逃亡》，導演Johannes Klett，譯者Helmut Foster-Latch和Marie-Louis Latch。

瑞典，斯德哥爾摩，論壇出版社（Forum）出版《靈山》瑞典文譯本，譯者馬悅然院士（Prof. N.G.D. Malmqvist）。

比利時，Editions Lansman出版《逃亡》法譯本，譯者Michèle Guyot和Emile Lansman。

法國，利茂日，國際法語藝術節（Festival International des Francophonies, Limoges）舉辦《逃亡》朗誦會。

台灣，果陀劇場上演《絕對信號》，導演梁志明，他首次應邀訪台。

台灣，文化生活新知出版社出版《潮來的時候》，編者馬森、趙毅恆，收入他的短篇小說〈瞬間〉。

香港，《明報月刊》一九九二年十月號刊載〈中國流亡文學的困境〉。

瑞典，斯德哥爾摩，《今天》一九九二年第三期刊載〈文學與玄學，關於《靈山》〉。

德國，Brockmeyer出版社出版《逃亡》德文譯本，譯者Helmut Foster-Latch和Marie-Luise Latch。

德國，《遠東文學》雜誌（*Hefie fur Ostasiatische Literatur*），總期次第十三期刊載《生死

界》德文譯文，譯者Mark Renne。

一九九三年　法國，巴黎，雷諾—巴羅特圓環劇院（Renaud-Barrault Théâtre Le Rond Point）首演《生死界》，導演Alain Timar。該劇院和法國實驗戲劇研究院（Académie Expérimentale des Théâtres）舉行他的戲劇討論會。

法國，布日，文化之家（Maison de la Culture de Bourges）舉辦他的個人畫展。

比利時，Lansman出版社出版《生死界》法文版。宮邸劇場舉行《逃亡》排演朗誦會。布魯塞爾大學舉行他的戲劇創作報告會。

法國，Philippe Piquier出版社出版《二十世紀遠東文學》文集（*Littérature d'Extrême-Orient au XXe Siecle*），收入〈我的戲劇我的鑰匙〉，譯者Annie Curien。

法國，亞維儂戲劇節（Festival de Théâtre d' Avignon）上演《生死界》，導演Alain Timar。

法國，博馬舍基金會（Beaumarchais）訂購他的新劇作《夜遊神》。

德國，Aachen, Galerie Hexagonehb畫廊舉辦他的個人畫展。

法國，L'Isle-sur-Sorgue, La Tour des Cardinaux畫廊舉辦他的個人畫展。

德國，Henschel Theater出版社出版《中國當代戲劇選》，收入〈車站〉另一德譯本，譯者Anja Gleboff。

瑞典，斯德哥爾摩大學舉辦「國家、社會、個人」學術討論會，他發表論文〈個人的聲音〉。香港《明報月刊》一九九三年八月號刊載該文，題目改為〈國家迷信與個人癲狂〉。

瑞典，斯德哥爾摩，〈對話與反詰〉（劇作），《今天》一九九三年第二期刊載。

澳大利亞，雪梨大學演出中心演出《生死界》，他本人執導，英譯者Jo Riley。

雪梨大學舉行他的戲劇創作報告會。

香港中文大學，中國文學研究所舉辦他的講座「中國當代戲劇在西方，理論與實踐」。

〈色彩的交響——評趙無極的畫〉一文香港《二十一世紀》一九九三年第十期刊載。

比利時，*Krieatief* 文學季刊一九九三年Nos三、四合刊刊載〈海上〉、〈給我老爺買魚竿〉、〈二十五年後〉弗拉芒文譯文，譯者Mieke Bougers。

〈談我的畫〉一文香港《明報月刊》一九九三年十月號刊載。

法國，*Sapriphage* 文學期刊一九九三年七月號刊載《靈山》節選，譯者Noël Dutrait。

法國，文化電台（Radio France Culture）一九九三年十一月六日廣播《生死界》演出實況。

台灣，《聯合報》文化基金會舉辦的「四十年來的中國文學」學術討論會，他發表論文〈沒有主義〉。

美國，芝加哥大學東亞研究中心出版《中國作家與流亡》（*Chines Writing and Exil*, Select

Papers, Volum No 7），收入〈逃亡〉，譯者Prof. Gregory B. Lee。

一九九四年

〈中國戲劇在西方，理論與實踐〉一文香港《二十世紀》一九九四年一月號刊載。

〈我說刺蝟〉（詩歌），台灣《現代詩》一九九四年春季號刊載。

〈當代西方藝術往何處去？〉（評論），香港《二十一世紀》一九九四年四月號刊載。

《山海經傳》（劇作），香港天地圖書出版公司出版。

《對話與反詰》（劇作），法國M.E.E.T出版社出版中法文對照本，法譯者Annie Curien。

法國，愛克斯—普羅旺斯大學舉行《靈山》朗誦會。

法國，聖愛爾布蘭（Saint-Herblain），外國劇作家之家舉行《對話與反詰》朗誦會。

法國，麥茨，藍圈當代藝術畫廊舉辦他的個人畫展。

義大利，Dionysia世界當代劇作戲劇節演出《生死界》，他本人執導。

德國，法蘭克福，文學之家舉行《靈山》朗誦會。法蘭克福，Mousonturm藝術之家舉行《生死界》朗誦會。

瑞典，皇家劇院出版《高行健戲劇集》，收入他的十個劇本，譯者馬悅然院士。

比利時，Lansman出版社出版《夜遊神》法文本，該劇本獲法語共同體一九九四年圖書獎。

法國國家圖書中心（Le Centre national du Livre de la France）預定他的新劇作《周末四重

奏》。

波蘭，波茲南國家劇院（Teatr Polski W. Poznan）上演《逃亡》，導演與譯者Dward Woitaszek。劇院同時舉辦他的個人畫展。

法國，RA劇團（La Compagnie RA）演出《逃亡》，導演Madelaine Gautiche。

日本，晚成書房出版《中國現代戲曲集》第一集，收入《逃亡》，譯者瀨戶宏教授。

一九九五年

香港，演藝學院（Academy of Perfoming Arts）演出《彼岸》，他本人執導。

香港，《文藝報》五月創刊號轉載〈沒有主義〉。

香港，《聯合報》五月二十一日發表〈《彼岸》導演後記〉。

法國，圖爾市國立戲劇中心（Le Centre national dramatique de Tours）上演《逃亡》。

法國，黎明出版社（Edtions de l'aube）出版《靈山》法譯本，譯者Noël Dutrait和Liliane Dutrait。法新社（France Information）作為重要新聞廣播了該書出版消息，評為中國當代文學的一部巨作。法國《世界報》（*Le Monde*）、《費加洛報》（*Le Figaro*）、《解放報》（*Libération*）、《快報》（*L'Express*）、《影視新聞週刊》（*Télérama*）等各大報刊均給以該書很高評價。

法國，巴黎，秋天藝術節，由詩人之家（Maison de la poésie）舉辦他的詩歌朗誦會。有二百年歷史的莫里哀劇場（Théâtre Molière）修復，巴黎市長剪綵，以他的劇作《對話與反詰》的排演朗會作為開幕式，他本人執導，法蘭西劇院著名演員Michael Lonsdale主演。

台灣，台北市立美術館舉行他的個人畫展，出版畫冊《高行健水墨作品》。

台灣，帝教出版社出版《高行健戲劇六種》（第一集《彼岸》、第二集《冥城》、第三集《山海經傳》、第四集《逃亡》、第五集《生死界》、第六集《對話與反詰》），同時出版胡耀恆教授的論著《百年耕耘的豐收》，作為附錄。

日本，晚成書房出版《中國現代戲曲集》第二集，收入《車站》，譯者飯塚容教授。

一九九六年

法國，Grenoble市，創作研究文化中心（Centre de Création de Recherche et des Cultures）舉行《周末四重奏》朗誦會。

法國，愛克斯—普羅旺斯市圖書館（Cité du Livre, Ville d'Aix-en-Provence）舉行《靈山》朗誦會及討論會。愛克斯—普羅旺斯大學與市立圖書館舉行中國當代文學討論會和《夜遊神》的排演朗誦會。

法國音樂電台（Radio France Musique）舉辦「《靈山》與音樂」三個小時的專題節目，朗誦小說的部分章節並舉行與小說寫作有關的音樂會，現場直播。

法國文化電台（Radio France Culture）舉辦一個半小時的作者專訪，並朗誦《靈山》部分章節。

盧森堡，正義宮畫廊（Galerie du Palais de la Justice）舉辦他的個人畫展。

法國，麥茨市，藍圈當代藝術畫廊（Le Cercle Bleu, Espace d'Art Contemporain, Metz）舉辦他的個人畫展。

法國，L'Isle-sru-Sorgue，紅雀塔畫廊舉辦他的個人畫展。

香港，藝倡畫廊舉辦他的個人畫展。

台灣，《中央日報》舉辦「百年來中國文學學術討論會」，他作了發言，題為〈中國現代戲戲劇的回顧與展望〉，《中央日報》副刊一九九六年九月十六、十七、十八日連載。

瑞典，烏洛夫帕爾梅國際中心（Olof Palmes Internationella Centrum）與斯德哥爾摩大學舉辦「溝通：面向世界的中國文學」研討會，他作了發言，題為〈為什麼寫作〉。

香港，社會思想出版社出版了研討會的論文集，收入了該文。

香港，天地圖書有限公司出版他的論文集《沒有主義》。

香港，新世紀出版社出版《周末四重奏》。

法國，《詩刊》（*La Poésie*）一九九六年十月號刊載〈我說刺蝟〉法文譯文，譯者Annie Curien。

澳大利亞，雪梨科技大學國際研究學院、雪梨大學中文系和法文系為他分別舉辦了〈批評的含義〉、〈談《靈山》的寫作〉、〈我在法國的生活與創作〉三場報告會。

波蘭，Gdynia，米葉斯基劇院（Teatr Miejski）上演《生死界》，導演與譯者Edwrd Wojtasiek。

日本，神戶，龍之會劇團演出《逃亡》，譯者瀨戶宏，導演深津篤史。

澳大利亞，《東方會刊》（*Journal of the Oriental Society of Australia*）發表〈沒有主義〉英譯文，譯者Prof. Mabel Lee。

希臘，雅典，Livanis Publishing出版社出版《靈山》希臘文譯本。

## 一九九七年

美國，紐約，藍鶴劇團（Blue Heron Theatre）與美國長江劇團（Yang Tze Repertory Theater of America）在新城市劇院（Theatre for New City）上演《生死界》，他本人執導，英譯者Dr. Joanna Chen M.M。

美國，紐約，俾斯大學（Pace University）施密特藝術中心畫廊（The Gallery Schimmet Center for The Arts）舉辦他的個人畫展。

美國，華盛頓，自由亞洲電台（Radio Free Asia）中文廣播《生死界》。

法國，巴黎，首屆「中國年獎」授予《靈山》作者。

法國，文化電台（Radio France Culture）廣播《逃亡》。

法國，黎明出版社（Editions de l'aube）出版短篇小說集《給我老爺買魚竿》，譯者Prof. Noël Dutrait和Liliane Dutrait。

法國，電視五台TV五介紹《給我老爺買魚竿》和《靈山》，播放對他的專訪節目。

法國，黎明出版社出版他和法國作家Denis Bourgeois的對談錄《盡可能貼近真實——論寫作》。

一九九八年

香港，科技大學藝術中心和人文學部邀請他舉行講座和座談，藝倡畫廊舉辦他的個人畫展。

法國，L'Isle-sur-Sorgue，紅雀塔畫廊舉辦他的個人畫展。

法國，巴黎，羅浮宮，古董國際雙年展（XIXe Biennale Internationale des Antiquaires）有他的畫參展。

英國，倫敦，Michael Goedhuis畫廊舉辦他和另外兩位畫家的三人聯展。

法國，Voix Richard Meier藝術出版社出版他的繪畫筆記《墨與光》。

日本，平凡出版社出版《現代中國短篇集》，藤田省三教授編，收入他的〈逃亡〉，譯者瀨戶宏教授。

日本，晚成書房出版《中國現代戲劇集》第三集，收入《絕對信號》，譯者瀨戶宏教授。

日本，東京，俳優座劇團演出《逃亡》，導演高岸未朝。

羅馬尼亞，Theatre de Cluj演出《車站》，導演Gaboro Tompa。

貝寧，L'Atelier Nomade劇團在貝寧和象牙海岸演出《逃亡》，導演Alougbine Dine。

法國，坎城（Caen），Le Panta Théâtre 劇院舉行《生死界》朗誦會。

法國，利茂日，國際法語藝術節（Festival International des Francophonies, Limoges），排演朗誦《夜遊神》，導演 Claude Idée。

法國，Compagnie du Palimpseste 劇團把他的《生死界》與杜拉斯和韓克的劇作改編成 *Alice, Les met—meilles* 演出，編導 Stéphane Verité。

法國，文化電台（Radio France Culture）廣播《對話與反詰》，導演 Myron Neerson。

法國，巴黎，世界文化學院（Académie mondiale des culetures）舉行「記憶與遺忘」國際學術研討會，他應邀作了以〈中國知識分子的流亡〉為題的報告。該文（La Mémoire de l›exile）收在 Grasset 出版社出版的 *Pourquoi se souvenir* 文集中。

法國，愛克斯—普羅旺斯大學出版社出版《中國文學導讀》（*La Littérature Chinoise; Etat des Lieux et mode d'emploi*），他的〈現代漢語與中國文學〉一文收入該書，譯者 Prof: Noël Dutrait。

法國，《世界報》請他撰文，他的〈自由精神——我的法國〉一文（“L'Esprit de Liberté, ma France”）一九九八年八月二十日該報刊載。

台灣，聯經出版公司出版《一個人的聖經》。

一九九九年　比利時，Lansman 出版社出版《周末四重奏》法文本。

德國，Edition cathay band 40出版社出版《對話與反詰》德譯本，譯者Sascha Hartmann。

《香港戲劇學刊》第一期由香港戲劇工程出版，收入〈現代漢語與文學寫作〉一文。

法國，Cassis，春天書展的開幕式，舉行他的個人畫展。

法國，紀念已故的法國詩人René Chard「詩人的足跡」詩歌節，朗誦他的《周末四重奏》。紅雀塔畫廊舉辦他的個人畫展。

香港，中文大學出版社出版（The Chinese University Press）他的英文戲劇集《彼岸》（*The Other Shore*），收入《彼岸》、《生死界》、《對話與反詰》、《夜遊神》、《周末四重奏》五個劇本，譯者方梓勳教授（Prof. Gilbert C. Fong）。

法國，亞維儂，Théâtre des Halles, Avignon上演《夜遊神》，導演Alain Timar。

法國，波爾多，莫里哀劇場（Scène Molière d'Aquitaine, Bordeau）上演《對話與反詰》，他本人執導。

日本，橫濱，月光舍劇團上演《車站》。

法國文化部南方藝術局和那布樂藝術協會邀請他在地中海濱那布樂城堡（Chateau de la Napoule）寫作，他的《另一種美學》脫稿。

二〇〇〇年

澳大利亞，哈普科林斯出版社（Harper Collins Publishers）出版《靈山》英譯本，譯者Prof. Mabel Lee。

法國，黎明出版社出版《一個人的聖經》法譯本，譯者Prof. Noël Dutrait和Liliane Dutrait。
瑞典，大西洋出版社出版《一個人的聖經》瑞典文譯本，譯者馬悅然院士。
法國，文化部訂購劇碼《叩問死亡》脫稿。
義大利，羅馬市授予他費羅尼亞文學獎（Premio Litterario Feronia）。
瑞典學院授予他諾貝爾文學獎，赴斯德哥爾摩領獎，發表題為〈文學的理由〉答謝演講。
瑞典電台廣播《獨白》。
法國文化電台廣播《周末四重奏》。
法國，羅浮宮，巴黎藝術大展（Art Paris，Carrousel du Louvre）有他的畫參展。
美國，哈普科林斯出版社出版《靈山》英譯本。譯者Prof. Mabel Lee。
法國，黎明出版社出版《文學的理由》，譯者Noël Dutrait教授和Liliane Dutrait。
德國，弗萊堡，莫哈特藝術研究所（Morat-Institut fürKunst und Kunstzissenshaft）展出收藏的他的畫作。
德國，巴登—巴登，巴熱斯畫廊（Galerie Frank Pagès）舉辦他的個人畫展。
法國，席哈克總統親自授予他法國榮譽軍團騎士勳章。
台灣，聯經出版公司同時出版《八月雪》、《周末四重奏》、《沒有主義》和藝術畫冊《另一種美學》。

二〇〇一年

香港，天地圖書有限公司出版《靈山》和《一個人的聖經》簡體字版。

香港，明報出版社出版《文學的理由》和《高行健戲劇選》。

法國，Flammarion 出版社出版《另一種美學》法譯本，譯者 Prof. Noël Dutrait 和 Liliane Dutrait。

法國，亞維儂市在大主教宮（Palais des Papes, Avignon）舉辦他的繪畫大型回顧展。

亞維儂戲劇節上演《對話與反詰》（他本人執導）和《生死界》（導演 Alain Timar），還舉行《文學的理由》的表演朗誦會。

比利時，Lansman 出版社出版《高行健戲劇集之一》的法譯本，收入《逃亡》、《生死界》、《夜遊神》、《周末四重奏》。已絕版的《對話與反詰》也由該出版社重新出版。

瑞典，皇家劇院上演《生死界》和江青編導與表演的《聲聲慢變奏》。

瑞典，大西洋出版社出版《高行健戲劇集》瑞典文本，收入《生死界》、《對話與反詰》、《夜遊神》、《周末四重奏》，譯者馬悅然院士。

台灣，亞洲藝術中心舉辦他的個人畫展。

英國，Flamingo 出版社出版《靈山》英譯本，譯者 Prof. Mabel Lee。

台灣，《聯合文學》二〇〇一年二月出版《高行健專號》，轉載《夜遊神》。《聯合報》舉辦該劇的排演朗誦會。

台灣，聯合文學出版社選用他短篇小說〈母親〉，出版兒童讀物，幾米作畫。

台灣，國立歷史博物館舉辦「墨與光——高行健近作展」。

台灣，中山大學授予他榮譽文學博士學位。

香港，藝倡畫廊舉辦他的個人畫展。

香港，無人地帶劇團演出《生死界》，導演鄧樹榮。

德國，弗萊堡，莫哈特藝術研究所舉辦他的個展並出版畫冊《高行健水墨一九八三—一九九三》（*Gao Xingjian Tuschmalerei 1983-1993*）。

德國，柏林藝術計畫（DAAD Berliner Kunstlerprogramm）出版他和楊煉的對話《流亡使我們獲得什麼？》德譯本，譯者Peter Hoffmann。

巴西，Editora Objectiva 出版社出版《靈山》葡萄牙文譯本，譯者Marcos de Castro。

義大利，Rizzoli 出版社出版《文學的理由》義文本，譯者Maria Cristina Pisciotta。該出版社同時出版《給我老爺買魚竿》義文本，譯者Alessandra Lavagnino 教授。

義大利，Edizioni Medusa 出版社出版他和楊煉的對談《流亡使我們獲得什麼？》義文本，譯者Rosita Copioli。

西班牙，Ediciones del Bronce 出版社出版《靈山》西文本，譯者Pau Joan Hernandez 和Liao Yanping。

西班牙，Columna出版社出版《靈山》卡達蘭文本，譯者Pau Joan Hernandez和Liao Yanping。

墨西哥，Ediciones El Milagro出版社出版他的戲劇集《逃亡》，同時還收入《生死界》、《夜遊神》、《周末四重奏》，譯者Gerardo Deniz。

義大利，Rizzoli出版社出版他的畫冊《另一種美學》義文本。

葡萄牙，Publicacoes Dom Quixote出版社出版《靈山》葡文本，譯者Carlos Aboim Brito。

日本，集英社出版《一個人的聖經》，譯者飯塚容教授。

韓國，Hyundae Munhak Books Publishing出版社出版《靈山》韓文本。

德國，Fischer Taschenbuch Verlag出版社出版短篇小說集《海上》，譯者Natascha Vittinghoff。該社同時出版《靈山》德文本，譯者Helmut Foster-Latsch、Marie-Louise Latsch和Gisela Schheckmann。

斯洛維尼亞，Didakta出版社出版《給我老爺買魚竿》斯文本。

馬其頓，Publishing House Slove出版社出版《給我老爺買魚竿》馬文本。

美國，Pennsylvania，University in Erie，Gannom，Theater Schuter劇場演出《彼岸》。

二〇〇二年

法國，愛克斯—普羅旺斯大學授予他榮譽文學博士學位。

義大利，Rizzoli出版社出版《靈山》義文本，譯者Mirella Fratamico。

西班牙，Ediciones del Bronce出版社出版《一個人的聖經》西文本，譯者Xin Fei和Jose Luis Sanchez。

西班牙，Columma出版社出版《一個人的聖經》卡達蘭文本，譯者Pau Joan Hermedez。

挪威，H. Aschehoug Co.出版社出版《靈山》挪威文本，譯者Harald Bockman和Baisha Liu。

土耳其，DK Dogan Kitap出版社出版《靈山》土耳其文譯本。

塞爾維亞，Stubovi Kulture出版社出版《靈山》塞爾維亞文譯本。

台灣，文化建設委員會邀請他訪台，出版《高行健台灣文化之旅》文集。

香港，中文大學授予他榮譽文學博士學位。

香港，Radio Television Hong Kong英語廣播《周末四重奏》，英國BBC、加拿大CBC、澳大利亞ABC、紐西蘭RNZ、愛爾蘭RTE和美國La Theatre Works分別轉播。

西班牙，馬德里，索菲亞皇后國家美術館（Museo Nacional Centro de Arte Reina Sofia）舉辦他個人畫展，出版畫冊*Gao Xingjian*。

荷蘭，J.M.Meulenhoff出版社出版《給我老爺買魚竿》荷蘭文本。

澳大利亞和美國的Harper Collins Publishers出版社，以及英國Flamingo出版社分別出版《一個人的聖經》英譯本，譯者Prof. Mabel Lee。

美國，Harper Collins Publishers 出版社出版畫冊《另一種美學》英譯本（*Returne to Painting*）。

美國終身成就學院（American Academy of Achevement）在愛爾蘭都柏林舉行高峰會議，授予他金盤獎。他以〈必要的孤獨〉為題作答謝演說。同時獲獎的還有美國前總統柯林頓、諾貝爾物理學獎得主 Zhores I. Alfrerov 等人。

美國，印第安那，Bulter 大學戲劇系演出《生死界》。

台灣，國家劇院首演大型歌劇《八月雪》，他本人編導，許舒亞作曲，台灣戲曲專科學校承辦演出，文化建設委員會主辦並出版《八月雪》中英文歌劇本及光碟。台灣公共電視台轉播演出並製作《雪是怎樣下的》電視專題節目。

台灣，聯經出版公司出版他執導《八月雪》現場筆記《雪地禪思》，作者周惠美。

台灣，中央大學授予他文學博士學位。交通大學舉辦他的個展，出版畫冊《高行健》。

韓國，Hyundae Munhak Books Publishing 出版社出版《一個人的聖經》韓文版。

韓國，Minumsa 出版社出版他的戲劇集韓文本，收入《車站》、《獨白》、《野人》。

泰國，南美出版有限公司出版《靈山》泰文本。

以色列，Kinneret Publishing House 出版社出版《靈山》意第緒文本。

埃及，Dr-Al-Hilal 出版社出版《靈山》阿拉伯文本。

二〇〇三年

加拿大，Vancouver，Western Theatre 劇團演出《逃亡》。

日本，晚成書房出版《高行健戲劇集》，收入《野人》、《彼岸》、《周末四重奏》，譯者飯塚容教授和菱沼彬晁。

日本，集英社出版《靈山》日文本，譯者飯塚容教授。

義大利，Rizzoli 出版社出版《一個人的聖經》，譯者 Alexandra C. Lavagnino 教授。

丹麥，Bokforlaget Atlantis 出版社出版《一個人的聖經》丹麥文本，譯者 Anne Wedelle-Wedellsborg 教授。

芬蘭，Otavan Kirjapaino Oy 出版社出版《靈山》芬蘭文本。

葡萄牙，Companhia de teatro de Sintra 劇團上演《逃亡》。

西班牙，Ediciones del Bronce 出版社出版《給我老爺買魚竿》西文本，譯者 Laureano Ramirez。

西班牙，Colomma 出版社出版《給我老爺買魚竿》卡達蘭文本，譯者Pau Joan Hernandez。

香港，無人地帶劇團上演《生死界》，導演鄧樹榮。

香港，中文大學出版社出版《八月雪》英譯本，譯者方梓勳教授（Prof. Gilbert G.F. Fong）。

法國，巴黎，法蘭西劇院（Comédie Française）的 Théâtre du Vieux Colombier 劇場上演《周末四重奏》，他本人執導。

比利時，蒙斯美術館（Musée des Beaux Arts; Mons）舉辦他的繪畫大型回顧展。

法國，巴黎，Editions Hazan 出版社出版研究他的繪畫的論著畫冊《高行健，水墨情趣》，作者蒙斯美術館畫展策展人Prof. Michel Draguet 教授。

法國，愛克斯—普羅旺斯，壁毯博物館舉辦他的個人畫展，出版畫冊 *Gao Xingjian, ni mots ni signes*。

法國，馬賽市舉辦「二〇〇三高行健年」（L'Année Gao Xingjian, Marseille 2003），大型綜合性藝術計畫，包括他的詩歌、繪畫、戲劇、歌劇、電影創作和學術研討會：馬賽市老慈善院博物館（Musée de la Vieille Charité）舉辦他的《逍遙如鳥》為題的大型畫展。

馬賽，體育館劇院（Théâtre de Gymnase）首演《叩問死亡》，他本人和 Romain Bonnin 導演。

馬賽現代藝術展覽館舉行「圍繞高行健，當今的倫理與美學」國際研討會。馬賽輪渡出版社出版會議論文集 *Autour de Gao Xingjian, ethique et esthétique pour aujourd'hui*。

馬賽，Digital Media Production 製作《馬賽高行健年》紀錄片《城中之鳥》（*Un Oiseau dans la ville*）。

法國，Editions du Seuil 出版社出版畫冊《逍遙如鳥》（*L'Errance de l'Oiseau*）。

法國，巴黎，國際當代藝術博覽會（Foire Internationale d'Art Comtemporain），克羅德貝爾納畫廊（Claude Bernard Galerie）以他的個展參展。

法國，世界文化學院（Académie des Cultures des monde）選他為院士。

義大利，Trieste, Gallerie Torbandena 畫廊和 Teatro Miela 劇院舉辦他的個人畫展，出版畫冊 *Gao Xingjian 1983-1993*。

美國，Milwaukee, Haggerty Museum of Art 美術館舉辦他的個人畫展。

美國，《紐約客》文學月刊（*New Yorker*）二月號和六月號分別刊載短篇小說〈車禍〉和〈圓恩寺〉，譯者 Prof. Mabel Lee。

美國，文藝期刊《大街》（*Grand Street*）第七十二期刊載〈給我老爺買魚竿〉，譯者 Prof. Mabel Lee。

美國，好萊塢，The Sons of Besckett Theatre Company 劇團演出《彼岸》。

美國，紐約，The Play Company 劇團演出《周末四重奏》。

美國，加州大學，戲劇舞蹈系演出《夜遊神》。

美國，Massachusetts，Wheaton College 戲劇系演出《彼岸》。

澳大利亞，雪梨大學劇團演出《彼岸》。

瑞士，Neuchatel，Théâtre de Gens 劇院演出《生死界》。

匈牙利，布達佩斯，Theatre de Chambre Holdvilag 劇院演出《車站》。

土耳其，DK Dogzar Kitap 出版社出版《一個人的聖經》土耳其文本。

西班牙，巴賽隆納，El Cobre Ediciones 出版《文學的見證》西班牙文譯本。

西班牙，El Cobre Ediciones 出版《沒有主義》，譯者 Laureno Ramirez Bellrin。

美國和澳大利亞，Harper Collins Publishers 出版社出版《給我老爺買魚竿》英譯本，譯者 Prof. Mabel Lee。

英國，Flamingo 出版社出版《給我老爺買魚竿》英譯本，譯者 Mabel Lee 教授。

法國，Editions du Seuil 出版社出版他的戲劇集《叩問死亡》，同時收入《彼岸》和《八月雪》；該出版社還出版他的論文集《文學的見證》，譯者 Noël Dutrait 教授和 Liliane Dutrait。

二○○四年

越南，河內，NHA XUAT BAN CONG AN NHAN DAN 出版社出版《給我老爺買魚竿》越南文譯本。

台灣，聯經出版公司出版《叩問死亡》中文本。

台灣，聯經出版社出版劉再復的論著《高行健論》。

台灣，臺灣大學授予他榮譽博士。

加拿大，Alberta 大學戲劇系演出《對話與反詰》。

新加坡，The Fun Stage劇團演出《生死界》。

西班牙，巴賽隆納，當代藝術中心（Centre de Culture Contemporaine de Barcelona）的「二〇〇四年世界文學節」（Programmacio Kosmopolos K04）舉辦他的個展「高行健的世界面面觀」（El Monde Gao-Una visita a l'obra de Gao Xingjian）。

西班牙，巴賽隆納，Elcobre出版社出版他的論著《另一種美學》，譯者Chistina Carrillo Albornoz de Fisac。

香港，中文大學圖書館建立「高行健作品典藏室」。

美國，波士頓（Boston），波士頓大學演出《彼岸》。

波蘭，波蘭電台廣播《車站》。

法國，巴黎，Claude Bernard畫廊舉辦他的個展，並出版畫冊《高行健水墨》。

法國，巴黎當代藝術博覽會（FIAC）Claude Bernard畫廊以他的個展參展。

二〇〇五年

法國，馬賽歌劇院上演《八月雪》，他本人執導。

法國，愛克斯—普羅旺斯大學（Université d'Aix-en-Provence）舉行「高行健作品國際學術研討會」。

法國，巴略（Bagneu），雨果劇場上演他的劇作《生死界》。

希臘，雅典，東西方文化中心（East West Center）上演《夜遊神》，導演Anton Juan。

德國，巴登—巴登（Baden-Baden），Frank Pagès 畫廊舉辦他的個展，出版畫冊《高行健水墨作品》。

義大利，米蘭，RCS Libri S.p.A. 出版社出版《給我老爺買魚竿》義大利文譯本。

新加坡，新加坡美術館舉辦高行健繪畫大型回顧展，出版畫冊《無我之境，有我之境》。

## 二〇〇六年

義大利，威尼斯戲劇雙年展上演《對話與反詰》，導演 Philippe Goudard。

義大利，聖—米尼亞多（San-Miniato），Fondi 劇場上演他的劇作《逃亡》。

台灣，應臺灣大學台灣文學研究所邀請，作錄影講座四講，分別題為〈作家的位置〉、〈小說的藝術〉、〈戲劇的潛能〉和〈藝術家的美學〉。

法國，Editions du Seuil 出版社出版論文集《高行健的小說與戲劇創作》，Noël Dutrait 教授主編。

法國，巴黎藝術博覽會（Art Paris）他的畫參展。

法國，巴黎，Claude Bernard 畫廊舉辦他的個展，出版畫冊《高行健》。

德國，柏林，法國學院舉辦他的水墨畫個展。

比利時，布魯塞爾當代藝術博覽會（Brussels 24th Contemporary Art Fair），Claude Bernard 畫廊以他的個展參展。

瑞士，伯爾尼美術館舉行他的個展。

韓國，首爾，Bando 劇場上演他三部劇作《絕對信號》、《車站》和《生死界》。

美國，The Easton Press 出版社，《靈山》收入現代經典叢書，出版該書的珍藏本。

美國，紐約公共圖書館頒發他雄獅圖書獎。同時獲獎的還有諾貝爾文學獎得主土耳其作家巴穆克和諾貝爾和平獎得主美國作家威塞爾。

美國，布來克斯堡（Blacksburg），威爾基尼亞科技學院和州立大學（Virginia Technical Instiute and State University）演出《彼岸》。

德國，影片《側影或影子》由他本人和 Alain Melka 及 Jean-Louis Darmyn 執導，在柏林國際文學節首演。

澳大利亞，HarperCollinsPublishers 出版社出版他的《文學的見證》英譯本，譯者 Mabel Lee 教授。

## 二〇〇七年

義大利，巴勒爾摩（Palermo），Libero 劇場上演《逃亡》。

西班牙，巴賽隆納，ElCobre 出版社出版他的《沒有主義》西文譯本，譯者 Sara Rovira Esteva。

德國，科布倫斯（Coblenz），路德維克博物館（Ludwig Museum）舉辦他的大型回顧展，Kerber 出版社出版畫冊《世界末日》。

美國，耶魯大學出版社出版《文學的見證》英譯本，譯者 Mabel Lee 教授。

美國，印地安那州，聖母大學Snite美術館舉辦他的個展，出版畫冊《具象與抽象之間》，該大學同時舉辦他的文學戲劇和電影創作講座，朗誦了他的新劇作《夜間行歌》，演出他的三個劇作《彼岸》《夜遊神》和《逃亡》的片段，導演Anton Juan。

美國，昆西（Quincy），Eastern Nazarene College學院演出《彼岸》。

美國，克里夫蘭（Cleveland），Cleveland Public Theater劇場上演他劇作的選段。

美國，紐約，人道主義和世界和平促進者親穆儀大師（Sri Chinmoy）授予他「以一體之心昇華世界」獎。

瑞士，蘇黎世國際當代藝術博覽會（Kunst 07, Zuric, Suissa）他的畫參展。

瑞典，出席瑞典筆會舉辦的「獄中作家日」詩歌朗誦會，朗誦了他的詩〈逍遙如鳥〉，瑞典文譯者Madeleine Gustafsson。

法國，Contours出版社出版《側影或影子：高行健的電影藝術》的英文畫冊*Silhouette/Shadow: The Cinematic Art of Gao Xingjian*。

法國，巴黎，Niza劇團上演《生死界》，導演Quentin Delorme。

香港，中文大學出版社出版他的戲劇集《逃亡》與《叩問死亡》的英文譯本，譯者方梓勳教授（Prof. Gielbert C.F. Fong）。

香港，中文大學和法國普羅旺斯大學兩校圖書館簽署合作協議：共同收集高行健的資料，建立網頁、資料和人員交流。

新加坡，捐贈新加坡美術館他的巨幅水墨新作《晝夜》，出席該館為他舉行的接收儀式。他的影片《側影或影子》同時在新加坡「創始國際表演節」公演。誰先覺畫廊舉行他的個展，國立大學東亞研究所舉行文學講座。

二〇〇八年

法國，巴黎藝術博覽會（Art Paris）他的畫參展。

法國，巴黎Claude Bernard畫廊舉辦他的個展。

西班牙，馬德里，法國文化中心上演《生死界》，導演Marcos Malavia。

德國，Karlsruhe，ZKM美術館舉辦《高行健水墨畫展》。

玻利維亞和秘魯，國際戲劇節（FITAZ）上演《生死界》，導演Morcos Malavia。

英國，華威大學邀請他作有關文學與戲劇創作的演講。

法國，普羅旺斯大學成立高行健資料與研究中心，同時舉行研討會、朗誦會並放映《側影或影子》。

法國，亞維儂戲劇節，Dragonflies Raor Theatre劇團上演他的劇作《彼岸》，導演Anais Moro。

韓國，Homa Sekey Books出版社出版他的戲劇集《彼岸》，同時收入《冥城》、《生死界》、《八月雪》，譯者吳秀卿教授。

俄國，*Daukar* 雜誌（2008 No. 5）刊載《周末四重奏》俄文譯文。

台灣，《聯合文學》出版高行健專輯，刊載〈關於《側影或影子》〉一文和〈逍遙如鳥〉。

台灣，聯經出版公司和香港明報月刊出版社同時出版他的論文集《論創作》，新加坡青年書局出版該書中文簡體字版。

香港，中文大學出版社出版他的《山海經傳》的英譯本，譯者方梓勳教授（Prof. Gilbert C.F. Fong）。

香港，法國駐香港澳門總領事館和香港中文大學聯合主辦「高行健藝術節」（Gao Xingjian Arts Festival）：舉行國際研討會「高行健：中國文化的交叉路」，放映影片《側影或影子》及歌劇《八月雪》，上演《山海經傳》，蔡錫昌導演。藝倡畫廊舉辦畫展，香港中文大學圖書館同時舉辦了特藏展「高行健：文學與藝術」。香港中文大學舉辦他的講座「有限與無限──創作美學」，明報月刊舉辦講座「高行健、劉再復對談：走出二十世紀」。

匈牙利，Noran 出版社出版《靈山》匈牙利文譯本，譯者 Kiss Marcell。

西班牙，巴賽隆納，ElCobre 出版社出版《高行健的劇作與思想》西班牙文譯本，收入《八月雪》、《夜間行歌》、《叩問死亡》、《生死界》、《彼岸》、《周末四重奏》《夜遊神》等七個劇作以及論文《戲劇的可能》，Circulo de Lectores 基金會出版該書的精裝本。

西班牙，馬德里，Teatro Lagrada 劇團上演《逃亡》，導演 Sanchez Caro。

西班牙，巴賽隆納，Circulo de Lectores 基金會與 Sanda 畫廊聯合舉辦他的畫展，該基金會贊助他本人編導的電片《洪荒之後》在畫展開幕式上首演。畫展繼而在 La Rioja 的 Würth 博物館展出，ElCobre 出版社出版畫冊《洪荒之後》。

西班牙，巴賽隆納，Romea Theatre 劇院上演《逃亡》。

波蘭，波茨南，Wydawnictwo Naukowe 出版社出版戲劇集《彼岸》，同時收入《生死界》，譯者 Izabella Labedzka 教授。

荷蘭，Leiden，Koninklijke Brill NV 出版社出版 *Gao Xingjian's Idea of Theatre*，作者 Izabeela Labedzka 教授。

德國，法蘭克福，S. Fischer 出版社出版短篇小說集《給我老爺買魚竿》，譯者 Natascha Vittinghoff 教授。

義大利，Titivillus Edizioni 出版社出版《逃亡》，譯者 Simona Polvani。

義大利，巴拉姆（Palmo），Theatro Incontrojione 劇場上演《逃亡》。

美國，匹茨堡（Pitsburgh），Carnegie Mellon University 大學演出《彼岸》，導演鄧樹榮。

美國，紐約城市大學戲劇系（The City University of New York）演出《彼岸》，導演 Donny Levit。

美國，Custavo Theater 劇場演出《彼岸》。

美國，芝加哥（Chicago），Halecyon Theater 劇場演出《彼岸》。

美國，斯沃斯莫爾（Swarthmore），斯沃斯莫爾學院（Swarthmore College）演出《彼岸》。

美國，Clevaland，OH，Clevaland Public Theater 演出《彼岸》和《生死界》。

二〇〇九年

敘利亞，Kalima 出版社出版《靈山》阿拉伯文譯本。

西班牙，拉利奧拉（La Rioja），Companyia Artistas Y 劇團演出《逃亡》（*Festival Actuel de la Rioja*）。

義大利，米蘭藝術節（La Milanesiana）上演他的劇作《夜間行歌》，譯者 Simona Polvani，導演 Philippe Goudard。

義大利，都林（Turino），Teatro Borgonuovo de Rivoli 劇團演出《車站》。

葡萄牙，Würth Portugal 公司和桑特拉現代美術館（Sintra Museu de Arte Moderna）聯合舉辦他的大型畫展。

葡萄牙，埃武拉（Evora），La Cie A Bruxa Teatro 劇團上演《生死界》。

法國，埃爾斯坦，Musée Würth France Erstein 博物館舉辦他和德國諾貝爾文學獎得主格拉斯的雙人聯展。

法國，Bagneux，Compagnie Sourous 劇團上演《夜間行歌》。

比利時，布魯塞爾，Bozar Théâtre劇場演出《生死界》。

比利時，布魯塞爾，J. Bastien Art畫廊舉辦他的個展。

比利時，利耶日，現代與當代藝術館（Musée de l'Art Moderne et de l'Art comtenporain de Liège）舉辦他的個展。

台灣，台北，書林出版有限公司出版《絕對信號》英譯本，譯者丘子修。

二〇一〇年

英國，倫敦大學亞非學院舉辦「高行健的創作思想研討會」，有關論文由楊煉編輯成書《逍遙如鳥》，台灣聯經出版公司二〇一二年出版。

法國，巴黎美國大學（The American University of Paris）出版社外國作家文叢（Sylph Editions, The Cahiers Series）出版他的劇作《夜間行歌》的英譯本與法文本，英譯者Prof. Claire Conceison。

法國，巴黎，木劍劇場（Théâtre de L'Epée de Bois, Cartoucherie）上演《夜間行歌》和《生死界》，導演Marcos Malavia。

法國，普羅旺斯（Aix-en-Provence）圖書節舉辦《靈山》閱讀週。

台灣，聯經出版公司出版他和方梓勳教授合著的《論戲劇》。此外，在他獲諾貝爾文學獎十周年之際出版《靈山》的紀念版，收入他在中國寫作該書時旅途中拍攝的五十幅照片。

台灣，《聯合文學》第三〇六期發表《夜間行歌》中文本。

台灣，亞洲藝術中心舉辦他的個展。

台灣，《新地》雜誌舉辦世界華文作家高峰會議，他作了題為〈走出二十世紀的陰影〉的演講，該文發表在《新地文學》季刊二〇一〇年六月第十二期。

台灣，元智大學授予他桂冠作家稱號。

台灣，國立臺灣大學出版中心出版他的四個講座的錄影光碟《文學與美學》。

西班牙，巴勒馬（Palma，Milorca），CasalSolleric美術館舉辦他的大型回顧展並出版畫冊《世界的終端》。

比利時，布魯塞爾自由大學授予他榮譽博士。

比利時，布魯塞爾，J.Bastien Art畫廊舉辦他的個展。

捷克，布拉格，Academia出版社出版《靈山》捷克文譯本，譯者Denis Molcanov。

盧森堡，歐洲貢獻基金會授予他歐洲貢獻金質獎章。

日本，東京，國際筆會東京大會的文學論壇開幕式上，他作了演講，題為〈環境與文學，我們今天寫什麼？〉。香港《明報月刊》同年十一月號刊載。台灣《當代台灣文學英譯》2010 No. 10發表了該文的英譯文。

塞爾維亞，諾維沙特（Novi Sad），Youth Theatre劇場上演《逃亡》。

立陶宛，立陶宛作家協會出版社（Lithurnian Writers' Union Publishers）出版《靈山》立陶宛文譯本。
法國，Editions Apogée出版社出版《靈山》布列塔尼（breton）文譯本，譯者Yann Varc'h Thorel。
美國，A-Squar Theater Companie演出《逃亡》。
美國，Kean University演出《彼岸》。
美國，New Haven, CT, Yale University演出《彼岸》。
美國，Macquarry University演出《彼岸》。
美國，Allentown, PA, Muhlenberg College Theatre & Dance演出《彼岸》。
美國，The Single C Company演出《彼岸》。

二〇一一年

法國，巴黎Claude Bernard畫廊舉辦他的個展，出版畫冊*Gao Xingjian 2011*。
法國，巴黎，龐畢度文化中心放映《洪荒之後》。
西班牙，巴賽隆納，Senda畫廊舉辦他的個展。
比利時，布魯塞爾，J.Bastien Art畫廊舉辦他的個展，出版畫冊*Gao Xingjian*。
義大利，比薩（Pisa），EDIZIONI ETS出版社出版他的劇作集義大利文譯本*Teatro Gao Xingjian*，收入《夜間行歌》、《夜遊神》、《叩問死亡》三個劇本，譯者Simona Polvani。

印度，Padmagandha Prakashan出版社出版《靈山》Marathi文譯本。

韓國，首爾國際文學論壇，他發表演題為〈意識形態與文學〉的演講，該文發表在香港《明報月刊》二〇一一年第七期。此外高麗大學還舉辦了「高行健：韓國與海外視角的交叉與溝通」國際學術研討會。

韓國，首爾，「高行健戲劇藝術節」，國立劇場上演他的劇作《冥城》和《生死界》，舉辦了他的戲劇研討會。

瑞典，斯德哥爾摩，瑞典電台Sveriges Radio廣播他的劇作《獨白》。

丹麥，哥本哈根，丹麥筆會舉辦了他的劇作《夜間行歌》的朗誦會，放映《側影或影子》。

德國，紐倫堡—愛爾朗根大學（Universität Erlangen-Nürnberg）國際人文研究中心（Inernationales Kolleg für Geisteswissenschftliche Forschung）舉辦《高行健：自由、命運與預測》大型國際學術研討會，各國學者在會上宣讀了二十七篇論文，他作開幕式發言，題為〈自由與文學〉，該文發表在香港《明報月刊》二〇一二年第二期。

香港，大山文化出版社出版由劉再復和潘耀明主編的《高行健研究叢書》，首卷《高行健引論》，劉再復教授著。

美國，Boone, NC, Appalachian State University演出《彼岸》。

二〇一二年

美國，Harrisonburg, VA, Eastern Menneonite University, Mainstage Theater 演出《車站》。

比利時，他的畫作在布魯塞爾博覽會參展。

香港藝術節，演藝學院歌劇院上演他的劇作《山海經傳》，北京當代芭蕾舞團和華陰老腔藝術團演出，導演林兆華。香港藝術節和恆生商管學院合辦該劇的研討會。

義大利，Edizione Bompiani 出版社出版他與義大利作家 Claudio Magris 兩人的論文集《意識形態與文學》，譯者 Simona Polvani。

法國，Bastia，éolienne 出版社出版他的詩劇《夜間行歌》的法文與科西嘉文版，科西嘉文譯者 Ghiseppu Turchini。

法國，尼斯現代與當代藝術博物館，Med'Art 劇團演出他的劇作《叩問死亡》。

法國，巴黎藝術博覽會 Art Paris，法國 Claude Bernard 畫廊和比利時 Bastien Art 畫廊同時展出他的畫作。

法國，巴黎 Guimet 集美博物館放演他的兩部影片《側影或影子》與《洪荒之後》。

瑞士，Neuchatel, Cartoucherie de Vin 劇場上演《生死界》。

台灣，聯經出版公司出版他的詩集《遊神與玄思》和他的作品研究論文集《逍遙如鳥》（楊煉編輯）。

台灣，國立臺灣師範大學表演藝術中心上演他的劇作《夜遊神》，導演梁志民。師範大學的畫廊還舉辦他的攝影展《尋，靈山》和有關他的文學戲劇與繪畫的座談會。

盧森堡，Galerie Simoncini 畫廊舉辦他的水墨畫個展，並由 Editions Simoncini 出版他的詩集《美的葬禮》法譯本（*Le Deuil de la beauté*，Prof. Noël Dutrait 譯。

盧森堡，詩人之春藝術節舉辦他的詩作朗誦會並放映他的電影《洪荒之後》，同時由法國大使授予他法國文藝復興金質獎章（La Médaille d'or de la Renaissance française）。

澳大利亞，The University Of New South Wals 上演他的劇作《彼岸》。導演 Kevin Jackson。

保加利亞，索非亞，Editions Riva 出版社出版《靈山》保加利亞文譯本。

韓國，首爾，Sundol Theatre 上演他的劇作《生死界》。

捷克，布拉格，法國學院（Institut Français）贊助出版他的戲劇集捷克文譯本，Michaela Pejcochova 出版社出版，收入《獨白》、《彼岸》等七個劇本及戲劇論文，譯者 Denis Molcanov：Academia 出版社同時出版《一個人的聖經》捷克文版（譯者 Denis Molcanov），還出版《靈山》新版，收入他當年在中國拍攝的五十幅照片。此外，捷克第十六屆 Jihlava 紀錄片國際電影節（Jihlava International Documentary Film Festival）放映他的兩部影片並舉辦他的電影創作講座。

法國，巴黎，Seuil 出版社出版他的長篇與短篇小說的法譯本全集（譯者 Prof. Noël Dutrait 和 Liliane Dutrait），同時還出版了《山海經傳》的法譯本（譯者 Noël Dutrait 教授和 Philippe Che 教授）。

二〇一三年

香港，大山文化出版社出版《高行健研究叢書》之二《莊子的現代命運》劉劍梅教授著。

美國，波斯頓（Boston），美國現代語言學年會舉行兩場他的專題討論會。

美國 Cambria Press 出版社出版他的論文集《美學與創作》英譯本 *Asthetics and Creation*，譯者 Prof. Mabel Lee。

法國，巴黎藝術博覽會 Art Paris，Claude Bernart 畫廊和 Bastien Art 畫廊展出他的畫作。

法國文化電台（France Culture）把他的長篇小說《靈山》列入聯播節目配樂朗誦，晚八時半到九點鐘最好的時段，連續十五天。

法國，Saint-Herblain 市新建的圖書媒體數據館（Gao Xingjian Médiathèque）以他的名字命名，他出席由市長主持的開幕典禮。

法國，巴黎兩岸劇場（Théâtre des Deux Rives）上演《逃亡》，導演 Andréa Brusque，譯者 Lulien Gelas。

捷克，布拉格，Meet Fatory 劇場 Motion Company 劇團上演《彼岸》，導演 Eva Lanci，譯者 Denis Molcanov。

捷克，Vychodedeske Divadio Pradubice 劇場上演《逃亡》，導演 Adam Rut，譯者 Zuzana Li。

義大利，Castella 市藝術節，劇團上演《逃亡》，導演 Claudio Tombini，譯者 Simona Polvani。

台灣，國家劇院上演台灣國立臺灣師範大學製作的《山海經傳》搖滾音樂劇，導演梁志明，作曲鮑比達，改編作詞陳樂融。台灣《聯合文學》月刊二〇一三年第六期出版「高行健訪台專輯」。

台灣，亞洲藝術中心舉辦他個人畫展《夢境邊緣》。

法國，巴黎，Editions du Seuil 出版社出版藝術畫冊《高行健，靈魂的畫家》（*Gao Xingjian peintre de l'âme*），作者 Daniel Bergez 教授。

英國，倫敦 Asia Ink 出版社同時出版該書的英譯本（*Gao Xingjian Peinter of the Soul*），英譯者 Sherry Buchanan。

法國，巴黎，Editions du Seuil 出版社出版他的論著《論創作》法譯本（*De la Création*）譯者 Noël Dutrait 教授等。

法國，巴黎，Bix Films 和 Calactica 影片公司製作紀錄片《孤獨的行者高行健》（*Gao Xingjian Celui qui marche seul*），導演 Leïla Férault-Levy。

韓國，漢城，Dolbegae Publishers 出版社出版他的《論創作》韓文譯本。

香港，大山文化出版社出版文論集《讀高行健》，李澤厚教授、林崗教授、羅多弼教授、杜特萊教授等著。

新加坡，作家節舉行他的講座題為《呼喚文藝復興》，他的新影片《美的葬禮》在新加坡國家博物館首演，法國文化學會舉辦他的攝影展「靈山行」，並放映電影《側影或影子》及《洪荒之後》。誰先覺畫廊同時舉辦他的繪畫攝影展。Lunmenis Theatre Company演出《夜遊神》。

美國，華盛頓，馬里蘭大學University of Maryland藝術畫廊（The Art Gallery）舉辦他的繪畫和電影展，該校還舉辦了文學與戲劇和法語寫作三場討論會與戲劇朗誦會。

美國，華盛頓，新學術出版社New Academia Publishing出版他的畫冊《內心的風景高行健繪畫》（*The Inner Landscape The Paintings of Gao Xingjian*），作者郭繼生教授Prof. Jason C Kuo。

法國，Strasbourg，斯特拉斯堡市與斯特拉斯堡大學聯合舉辦《美的葬禮》在法國的首演，並在大學舉行該影片的專題討論會。

二〇一四年

美國，Kansas, University of Kansas演出《彼岸》。

法國，巴黎，大皇宮，巴黎藝術博覽會（Art Paris），Claude Bernard畫廊以他的個展參展。

法國，巴黎，咖啡舞蹈劇場（Théâtre de Café de la danse）上演舞蹈節目《靈山》，

Marjolaine Louveau編舞。

西班牙，Bilbao市藝術節放映《美的葬禮》。

義大利，米蘭藝術節放映《美的葬禮》並舉行他的詩歌朗誦會。

台灣，國立臺灣師範大學和故宮博物館、台北市立美術館、台中國立美術館聯合舉辦《美的葬禮》在台放映。

台灣，聯經出版公司出版他的文集《自由與文學》。

捷克，布拉格，Ecole Prazska Konzervator de Prague上演《彼岸》。

法國，亞維儂戲劇節。黑橡樹劇場上演《逃亡》。

丹麥，哥本哈根，Det Frie Felts Festval自由原野戲劇節上演《夜間行歌》。

德國，DE GRUYTER出版社出版英文版論文集*Freedom and Fate in Gao Xingjian's Writings*，編輯Michael Lackner教授和Nikola Chardonnens。

香港，大山文化出版社出版《語言不在家——高行健的流亡話語》，沈秀貞著。

香港，科技大學人文學院舉辦高行健學術研討會，香港大學舉行他和劉再復的報告會《美的頹敗與文藝復興》，此外在科技大學、中文大學、恆生商學院和香港話劇團的國際戲劇研討會分別作了五場演講，還放映了影片《美的葬禮》。

義大利，Cento Amici del Libro出版《生死界》意文譯本的藝術畫冊（*Sull'orlo della Vita*），

Simona Polvani 譯。

法國，巴黎，修道院劇場（Théâtre des Abesse）舉行他的戲劇電影討論會和《獨白》的朗誦會。

二〇一五年

比利時，BRAF 古董藝術博覽會（Brussels Antiques & Fine Art Fair）展出他的水墨畫。

比利時，布魯塞爾，Musée d'Ixelles 美術館舉辦高行健繪畫大型回顧展，比利時皇家美術館（Musées Royaux des Beaux Arts de Belgique）同時舉辦他的巨幅新作展《高行健——意識的覺醒》，他捐贈給皇家美術館的這六幅巨作專設展廳長年展出。

法國，巴黎 Editions Hazan 出版社出版藝術畫冊《高行健，墨趣》新版（*Gao Xingjian, Le Goût de l'encre*）比利時皇家美術館長 Michel Draguet 著。

香港，中文大學出版社出版《冥城與夜間行歌》英譯本，方梓勳教授和 Prof.Mabel Lee 譯。

比利時，布魯塞爾，J. Batien Art 畫廊舉辦他的水墨畫個展。

台灣，聯經出版公司出版他的攝影和繪畫《洪荒之後》畫冊。

美國，University of Illinois 大學上演《彼岸》。

英國，愛丁堡戲劇節，Spotlites Theate 演出台灣國立臺灣師範大學藝術史研究所製作的《山海經傳》（*Mountains and Seas*）搖滾音樂劇。

韓國，首爾，Theater of Yeomi 演出《車站》。

義大利，米蘭，Piccolo Teatro 舉辦《逃亡》排演朗誦會。

英國，倫敦，Aktis Gallery 畫廊舉辦他的個展，出版畫冊 *Gao Xingjian, Wandering and Metaphysical Thoughts*。

西班牙，聖—巴斯田 Kubo Kutxa Fundazion 基金會舉辦高行健「呼喚文藝復興」繪畫、攝影與電影展，出版畫冊 *Pizkundero deia Liamada a un Renacimiento*。

法國，普羅旺斯大學出版社出版《高行健的舞台與水墨畫：亮相的劇場性》（*Les théâtralité de l'apparition, La scène et les encres de Gao Xingjian*），Yannick Butel 教授著。

二〇一六年

香港，大山文化出版社高行健研究叢書之五《高行健與跨文化劇場》，柯思仁教授著，譯者陳濤、鄭潔。

香港，藝倡畫廊舉辦他的個展，出版畫冊《墨光》。

美國，紐約藝術博覽會 Art New York Fair，新加坡 IPreciation 畫廊推出他的個展。

台灣，國立臺灣師範大學藝術史研究所改編上演《靈山》音樂舞劇，編舞吳義芳。

台灣，國立臺灣師範大學出版畫冊《美的葬禮》。

台灣，亞洲藝術中心舉辦他的個展「呼喚文藝復興」。

台灣，聯經出版公司出版散文集《家在巴黎》，西零著。

法國，巴黎 Editions Caractères 出版詩集《游神與玄思》法譯本，譯者 Noel Dutrait 教授。

法國，巴黎詩人之家舉辦他的詩歌朗誦會並放映影片《美的葬禮》。

英國，倫敦，Bloomsbury Publishing 出版社出版 Gao Xingjian's Post-Exile Plays (Transnationalism and Postdramatic Theatre), Mary Mazzalli 著。

台灣中央研究院、義大利米蘭藝術節、和英國牛津 Altius 論壇二〇一六年會上，他分別做了三次演講：「呼喚文藝復興」。

台灣，聯經出版公司出版《再論高行健》，劉再復教授著。

盧森堡，Galerie Simocini 畫廊舉辦他的個展。

盧森堡，電影資料館放映《美的葬禮》。

義大利，米蘭大學舉辦《交流與境界》國際學術研討會，他做了開幕式演講《越界的創作》（香港《明報月刊》副刊《明月》同年十月號刊載）。

義大利，威尼斯大學舉辦他的作品朗誦會並放映影片《美的葬禮》。

法國，馬賽國際劇院 La Criée 和 Aix—Marseille 大學舉辦亞洲戲劇研討會，他應邀出席並專場放映歌劇《八月雪》錄影。

# 附錄

# 余英時談高行健與劉再復

## ——《思想者十八題》序文摘錄

余英時

劉再復兄這部《思想者十八題》集結了他十七年「漂流」生活中的採訪錄和對談錄，用他自己的話說，各篇的「共同點是談話而不是文章」。「談話」的長處不僅在於流暢自然，而且能兼收雅俗共賞之效。十八題中的論旨在他的許多專書中差不多都已有更詳細、更嚴密的論證，但在這部談訪錄中則以清新活潑的面貌一一展現了出來。不但如此，談者「直抒胸臆」，讀者也感受到談者的生命躍動在字裡行間。再復一再強調，這十七年來他進入了「第二人生」。這句話的涵義只有通過本書才能獲得最清楚的理解。

在對談錄的部分，我特別要提醒讀者注意他和高行健、李歐梵、李澤厚三位朋友的對話。這是思想境界和價值取向都十分契合的「思想者」之間的精神交流。儘管所談的內容各有不同，但談鋒交觸之際都同樣迸發出思維的火花。在這三組對話中，二〇〇五年《與高行健的巴黎十日談》使我感受最深。他們不但是「漂流」生活中的「知己」，而且更是文學領域中的「知音」。他們之間互相證悟，互相支持，互相理解，也互相欣賞。這樣感人的關係是難得一見的，大可與思想史上的莊周和惠施或文學史上的白居易和元稹，先後輝映。再復十幾年來寫了不少文字討論高行健的文學成就。無論是專書《高行健論》或散篇關於《八月雪》劇本的闡釋，再復都以層層剝蕉的方式直透作者的「文心」，盡了文學批評家的能事。這是中國傳統文藝評論所說的「真賞」，絕非浮言虛譽之比，更沒有一絲一毫「半是交情半是私」（王漁洋句）的嫌疑。在〈巴黎十日談〉中，高行健先生對再復兄說：

出國後你寫了那麼多書，太拚命了。僅《漂流手記》就寫了九部，這是中國流亡文學的實績，還寫了那麼多學術著作。前幾年我就說，流亡海外的人那麼多，成果最豐碩的是你。你的散文集，我每部都讀，不僅有文采、有學識，而且有思想、有境界，我相信，就思想的力度和文章的格調說，當代中國散文家，無人可以和你相比。這都得益於我們有表述的自由。更關鍵的是你自己內心強大的力量，在流亡的逆境中，毫不怨天尤人，不屈不撓，也不自戀，而且不斷反思，認識不斷深化，這種自信和力量，真是異乎尋常。你的這些珍貴的文集呈現了一種獨立不移的精神，寧可孤獨，寧可丟失一切外在的榮耀，也要守持做人的尊嚴，守持生命本真，守持真人品、真性情。僅此一點，你這

「逃亡」就可說是此生「不虛此行」，給中國現代文學增添了一份沒有過的光彩，而且給中國現代思想史留下了一筆不可磨滅的精神財富。

在這短短兩三百字中，高行健為再復的「第二人生」勾勒出一幅最傳神的精神繪像，不但畫了龍，而且點了睛。這也是建立在客觀事實之上的「真賞」，絕不容許以「投桃報李」的世俗心理去誤讀誤解。

（《思想者十八題》於二〇〇七年六月由香港明報出版社出版，由余英時題署書名與作序，序文共八千字，題目為〈從「必然王國」到「自由王國」〉。）

余英時，中央研究院院士，二〇〇六年克魯格獎得主。著作有《論天人之際：中國古代思想起源試探》（聯經，二〇一四）、《歷史與思想》（二版）（聯經，二〇一四）。

# 現代莊子的凱旋
## ——論高行健的大逍遙精神

劉劍梅

八〇年代出現了莊子精神在當代文學創作中的回歸現象，這一回歸最大的結果，就是文學創作中政治意識形態的消滅，文學重新返回對個體生命的關注。也可以說，是從「人的政治化」返回「人的自然化」。汪曾祺小說中所描述的「市井中的莊子」追求的是充滿溫馨的人際自然關係，這種純樸的人際關係不被外界的商業氣息和政治理念所左右，跟莊子所講究的「自然」相通；韓少功早期的作品《爸爸爸》嘲諷的是中國當代政治生活中的病態二極思維，從哲學上說，支持韓少功的是禪的「不二法門」和莊子的齊物論，但他本質上還是延續了魯迅的入世的批判精神，看到更多的是傳統文化中的劣根性，可是到了九〇年代後，他就完全回歸到「人與自然」的最原始的和諧關係中；阿城的小說為我們展示了一個個「在政治高壓下的莊子」，這些莊子們本是「自然人」，他們即使生活在極其政治化的社會環境中，也通過保持「人的自然化」而達到自由境界和持守清高的人格。這三位作家的作品都體現了道家「回歸自然」的思路。

然而，汪曾祺、阿城、韓少功這種「回歸自然」的思路仍然是一種「消極自由」，並非「積極自由」，而他們宣傳的「尋根」也不是一種普世概念。就汪曾祺、阿城而言，他們的尋根，重心在於恢復漢語的語言魅力，也就是掃除歐化痕跡，恢復漢語自然流暢的韻味，這並不是從哲學上探索莊子的本真精神。可以斷言，這幾位優秀作家並未在思想史層面上認識到莊子的偉大真諦，即沒有認識到莊子乃是中國開創逍遙精神即大自由、大自在精神的第一位偉大先鋒，這一點，最後由高行健來完成。所以我要說，高行健的成功，乃是現代莊子的凱旋。

高行健的《靈山》創作於二十世紀八〇年代末期。這部小說從創作技巧上說，是以人稱代替人物、以心理節奏代替故事情節的新文體嘗試；而從精神內涵而言，它則是一部大文化小說。這部作品的文化理念非常清楚。它呈現的是中國主流文化（儒家文化）之外的四種文化：士人的隱逸文化；道家的自然文化；禪宗的感悟文化；失傳的民間文化。四種文化血脈相通，通就通在：首先它們都是非官方文化，都拒絕專制，既不接受專制的束縛，更不為專制唱頌歌；其次它們都更重視個體生命，都尋求更廣闊的個人空間。正是因為不被「主流」理念所束縛，所以從根本上說，四種文化的內核，乃是莊子那種張揚個體高飛、個人逍遙的大自由文化。

跟汪曾祺、韓少功、阿城一樣，高行健在《靈山》中也非常關注「自然」，他不僅關注「外自然」，還關注了「內自然」。高行健創作的「自然生態保護」主題早在話劇《野人》（八〇年代）中就已充分展現，《靈山》中更有大段的文字書寫原始森林和原始生態。他一再批評現代人對大自然的掠奪，主人公「我」所看到的原始森林都被貪婪的現代人砍伐得所剩無幾。到處賣虎骨酒，其實老虎早被消滅了。主人公「我」對在三峽上興建水庫也表示質疑，認為那會破壞長江流域的整個生態。面對現代人對自然的破壞，「我」感到痛心並感歎道：「兩千多年前的莊子早就說過，有用之材夭於斧斤，無用之材方為大祥。而今人較古人更為貪婪。赫胥黎的進化論也值得懷疑。」[1]但是在這種大破壞面前，高行健無能為力，深知自己無法阻止人類的貪婪本性和破壞性的「革命」潮流，無法「救世」，至多只能「自救」。他在《沒有主義》中說：「救國救民如果不先救人，最終不淪為謊言，至少也是空話。要緊的還是救人自己。一個偌大的民族與國家，人尚不能自救，又如何救得了民族與國家？所以，更為切實的不如自救。」[2]在這種「自救」的清明意識下，高行健不僅展開了

1　高行健，《靈山》（香港：天地圖書，二〇〇〇），頁三四九。
2　高行健，《沒有主義》（台北：聯經，二〇〇一），頁二〇—二一。

「外自然」的旅遊，而且展開了「內自然」的旅遊。《靈山》實際上是一部內心《西遊記》。小說中的我分為「你、我、他」，千變萬化，像自由的孫悟空。高行健尋找靈山的過程，乃是內心解脫的過程，走出精神囚牢的過程，即內心擺脫被外物所役、回歸自由逍遙的過程。他在都市繁華之地，活像精神囚徒。而來到西南的蠻荒之地，或在原始森林中，倒是得了大自在。

《靈山》這部小說共寫了八十一節，暗示歷經八十一波。整個西遊的過程，是內心對話的過程，也是尋找「靈山」的過程。「靈山」的隱喻內涵、象徵意蘊是什麼？作者最後找到靈山了沒有？通讀《靈山》，感悟《靈山》，我們可以明白：「靈山」在內不在外，靈山所象徵的精神乃是內心大自由的精神。靈山可以闡釋為菩薩山，也可以闡釋為逍遙山、自由山，自在山。靈山的結尾是一隻青蛙一眨一眨的眼睛，作者沒有寫出答案，他讓讀者去體悟。我們能體悟到的是：靈山並非外在的上帝，而是內在的自由心靈。劉再復在《高行健論》中寫道：「靈山原來就是心中的那點幽光。靈山大得如同宇宙，也小得如同心中的一點幽光，人的一切都是被這點不熄的幽光所決定的。人生最難的不是別的，恰恰是在無數艱難困苦的打擊中仍然守住這點幽光，這點不被世俗功利所玷污的良知的光明和生命的意識。有了這點幽光，就有了靈山。」[3]同樣，我們也可以這樣理解：靈山便是內心的覺悟。內心覺悟到自由便是找到了靈山，內心不覺悟，便永遠找不到自由，也找不到靈山。自由完全是自給的，不是他人給的，也不是上帝賜予的。換句話說，通往靈山之路即通往自由之路，要靠自己尋找，自己去走出來，而不是靠他人指點「迷津」。第七十六回有一段「他」問一位拄著拐杖穿著長袍的長者：「靈山在哪裡？」

老者閉目凝神。

「您老人家不是說在河那邊？」他不得不再問一遍。「可我已經到了河這邊——」

「那，就在河那邊，」老者不耐煩打斷。

「如果以烏伊鎮定位？」

「那就還在河那邊。」

「可我已經從烏伊鎮過到河這邊來了，您說的河那邊是不是應該算河這邊呢！」

「你是不是要去靈山？」

「正是。」

「那就在河那邊。」

「老人家您不是在講玄學吧？」

3　劉再復，《高行健論》（台北：聯經，二〇〇四），頁一七三。

老者一本正經，說：

「你是不是問路？」

他說是的。

「那就已經告訴你了。」[4]

這段情節有點「玄」乎，但不是故弄玄虛，它讓讀者去領悟玄外之音，這就是說，別向他人問路，通往靈山的路就在自己心中，就在自己的「覺悟」裡。「河那邊」是彼岸還是此岸？老者並沒有給予確切的答案，他把答案留給問路者自己。其實，高行健通過老者的禪語告訴我們，靈山並不在此岸彼岸，也無法靠別人指點。靈山就在於內心的徹悟，自由來自於自身的意識。正如佛不是在山林寺廟裡，而在自己的本心中。在第六十四回中，他寫道：「他突然覺得他丟去了一切責任，得到了解脫，他終於自由了，這自由原來竟來自他自己，他可以一切從頭做起，像一個赤條條的嬰兒，掉進澡盆裡，蹬著小腿，率性哭喊，讓這世界聽見他自己的聲音……」[5]唯有回到本真本然，拋棄外界的一切束縛，才能獲得大自在和大自由，而這一理念也與高行健一貫的文學理念完全相通，就像他所寫的：「寫作的自由既不是恩賜的，也買不來，而首先來自你內心的需要……說佛在你心中，不如說自由在心中，就看你用不用。」[6]可見，高行健的「靈山」真理乃是「打開心靈的大門，把『佛』請出來，把自由請出來」的真理[7]，這種大徹大悟衝破一切外界的限制，穿越了世俗價值體系所設置的障礙，最接近莊子大逍遙的精神。

莊子在〈逍遙遊〉中所體現的精神，乃是個體精神飛揚的精神，即不被現實世界的各種「小知」、各種既定觀念所限定的精神。這種精神滲透到高行健的每部作品，滲透到《靈山》和《一個人的聖經》，滲透到他的所有戲劇作品。為了闡釋的方便，我不想解讀他的長篇小說和戲劇，僅用他的詩為例，加以說明。高行健在二〇〇九年所寫的詩《逍遙如鳥》，便是一首現代「逍遙遊」，僅此題目，就知道他張揚的乃是如大鵬的逍遙精神，即大自由精神。旅居法國的張寅德教授認為這首詩「不能不說是對莊子的鯤鵬寓言一種直接的借鑑和改寫。高行健用濃縮的現代語言詩化了大鵬振翅扶搖，遨遊千里的意境，同時點出了『遊』這一主題在其作品中的重要地位。」[8]的確，高行健的《逍遙如鳥》，正是表現大逍遙即大自由的

4　高行健，《靈山》（香港：天地，二〇〇〇），頁四五八。
5　高行健，《靈山》（香港：天地，二〇〇〇），頁三九一。
6　高行健，《沒有主義》（台北：聯經，二〇〇一），頁三五一。
7　劉再復，《高行健論》（台北：聯經，二〇〇四），頁一七五。
8　張寅德，〈高行健之逍遙：《山海經》與《逍遙如鳥》淺論〉，德國愛爾蘭根國際人文中心，高行健學術研討會：

莊子精神。他把逃亡和自我邊緣化等看似消極的人生走向，通過大鵬展翅逍遙的意象，化作積極自由的精神張揚出來。

在《逍遙如鳥》的開篇中，他如此寫道：

你若是鳥／僅僅是隻鳥／迎風即起／眼睜睜俯視／暗中混沌的人生／
飛越泥沼，於煩惱之上／聽風展翅／這夜行毫無目的／自在而逍遙／
盤旋環顧／或徑直如梭／都隨心所欲／何必再回去收拾／滿地的瑣碎／
既無約束／也無顧慮／更無怨恨／往昔的重負／一旦解除／自由便無所不在／
迴旋凌空／猛然俯衝／隨即掠地滑行／都好生盡興／
沉沉大地／竟跟隨你搖曳／時而起伏／時而豎立／那地平線／本遙不可及／頓時消失了／一個個奇景／全出乎意料／
雲或是霧／一掠而過／微光和晨曦／盡收眼底／
群山移動／一個湖泊在旋轉／猶如思緒／你優遊在／海與曠漠之間／晝與夜交匯處

這隻迎風即起的鳥如同莊子〈逍遙遊〉中的大鵬：「鵬之徙於南溟也，水擊三千里，摶扶搖而上者九萬里，去以六月息者也。」莊子筆下的大鵬扶搖展翅，如天馬行空，氣勢磅礴，是逍遙精神的象徵；而高行健筆下的大鳥也一樣，實現了莊子「不將不迎」的大自在（「將」是過去，「迎」是未來）。高行健既放下了往昔的重負，又不製造新的幻象，更不就範現實世界中的各種教條牢籠。「何必再回去收拾／滿地的瑣碎／既無約束／也無顧慮／更無怨恨／往昔的重負／一旦解除／自由便無所不在」。高行健說：「現實生活中的個人的自由總也受到生存條件的種種限制，除了政治的壓力、社會的約束，還有各種各樣的經濟的、倫理的制約，乃至於心理的困惑，這困境或多或少，確實人有生以來誰也難以避免的。而自由從來也不是與生俱來的權利，再說誰也賞賜不了。」[9]這隻大鳥除去了外部強加給個人的種種政治、社會、經濟、倫理、感情的約束，隨心所欲地穿越雲與霧，微光與晨曦，群山與湖泊，海與廣漠，日與夜，在天地間任意翺翔，「好生盡興」，把所有大自然的美麗盡收眼底，達到了「外遊」的自由的極致和大逍遙的「至樂」。

在詩中，大鵬的「外遊」很快就轉換成了高行健「內心的逍遙遊」或稱「神遊」，高行

"Gao Xingjian: Freedom, Fate, and Prognostication," October 24-27, 2011, in University of Erlangen.

9 高行健，〈自由與文學〉，德國愛爾蘭根國際人文中心，高行健學術研討會："Gao Xingjian: Freedom, Fate, and Prognostication," October 24-27, 2011, in University of Erlangen.

健的詩繼續寫道：

偌大一隻慧眼／引導你前去／未知之境／

憑這目光／你便如鳥／從冥想中升騰／消解詞語的困頓／想像都難抵以抵達／那模糊依稀之處／霎時間在眼前／一一浮現／

玄思的意境／無遠無近／也沒有止盡／清晰而光明／

明晃晃一片光亮／空如同滿／令永恆與瞬間交融／時光透明／而若干陰影與裂痕／從中湧現某種遺忘

莊子在〈逍遙遊〉中，談到神遊，也談到「有待」與「無待」：「夫列子御風而行，泠然善也，旬有五日而後反。彼於致福者，未數數然也。此雖免乎行，猶有所待者也。若夫乘天地之正，而御六氣之辯，以遊無窮者，彼且惡乎待哉！故曰，至人無己，神人無功，聖人無名。」列子還是「有待」的，因為他需要依靠外在的風，依賴外界的力量，還不能自主而達到真正的自由。如果乘著天地發展的正道，而順著六氣的變化，那麼就是順著自然，本於自然，所以就無所待了。至人、神人、聖人都可以做到對外物無所待，不受外物的限制。高行健在《逍遙如鳥》中，也同樣從外遊轉為內遊，並借助禪宗的覺與悟，展開了內心的神遊，如同逍遙「鳥」一樣，「從冥想中升騰」，其感悟和玄思「無遠無近」，「沒有止境」，不受概念的制約，連「想像都難以抵達」。這種靠「覺」的力量在瞬間直上的「無待」境界，不借助任何外力，但境界清晰而高遠，不僅沒有空間的止境，也沒有時間的止境，「令永恆與瞬間交融」，「而若干陰影與裂痕／從中湧現某種遺忘」，這裡所提到的「遺忘」也與莊子所講的「忘卻」有關，這是忘我，或稱「吾喪我」，唯有如此，才能達到與萬物合一的大自由境界。正如錢穆所說的：「喪我即坐忘也。坐忘即喪其心知之謂也。喪其心知，則物我不相為耦，而後乃始得同於大通，而遊乎天地之一氣矣。此則莊子理想人生之最高境界也。」[10]這裡，高行健通過「坐忘」來尋求內心的「一片光亮」和「透明」。這種澄明境界乃是物我同一、天人合一的至高境界。

高行健把莊子的逍遙精神推向最高境界的同時，卻寫下清醒的詩句：

你重又暗中徘徊
清楚的只是

10　錢穆，《莊老通辯》（北京：三聯書店，二〇〇二），頁二八七。

你畢竟不是鳥
也解不脫
這無所不在
總糾纏不息
日常的紛擾

這幾句詩，非常重要。高行健一面高揚莊子精神，一面又與莊子區別開來。最根本的區別是莊子在表現個體自由精神時，並未面對個人的實際生存處境和自我在社會關係網中的種種困境，而高行健則給予正視與面對，因此，他才明白地說，人畢竟不是大鵬，人不得不生活在無所不在的、糾纏不息的日常紛擾中。而在這種無所不在的政治領域和人際關係中，人根本沒有自由。換句話說，在此沉重的現實關係中，大鵬根本沒有展翅高飛、任意逍遙的自由。正因為正視、面對這一處境，高行健強調地說明了兩個要點：

第一，莊子的大逍遙即大自由精神並不存在於現實世界，它只存在於精神價值創造領域中，尤其是文學創造領域中。

第二，即使在精神價值創造中，也必須承認一個前提，即承認人是「脆弱人」，而不是尼采所說的「超人」。只有這樣，文學創作才能寫出真實的人。

從這裡可以看出，高行健在接受莊子的大自由精神時，並不完全接受其「大浪漫，」他在大自由精神裡放了一點「清醒意識」。正是這一點，高行健又與莊子不同。莊子擁有「至人」、「真人」、「神人」、「聖人」等人格理想，而高行健沒有。高行健一再強調的是，作家詩人若要清醒地明瞭自己的角色，那就要放棄充當「世界救主」、「正義化身」、「社會良心」等妄念，也掃除「超人」、「至人」、「神人」、「聖人」等妄念。在高行健看來，只有放下這種妄念，才有自由。從某種意義上說，高行健比莊子還徹底，他實際上是對莊子說，唯有放下充當「至人」、「神人」、「聖人」這些妄念，才可能如大鵬展翅，如天馬行空，才有大自由與大自在。

把握高行健這兩個前提，我們就會明白高行健為什麼一面張揚莊子的大鵬精神，一方面又不斷地批判尼采。他對尼采的批判是一貫的，而其批判的思想重心是說：確立自我主體精神並不等於自我膨脹，自我顛狂，把自己視為救世主。他如此批判尼采：

尼采宣告的那個超人，給二十世紀的藝術留下了深深的烙印。藝術家一旦自認為超人，便開始發瘋，那無限膨脹的自我變成了盲目失控的暴力，藝術的革命家大抵就這樣來的。然而，藝術家其實跟常人一樣脆弱，承擔不了拯救人類的偉大使命，也不可能救世。11

高行健在張揚莊子的大逍遙大自由精神的同時提出「人乃脆弱人」這一重要理念。這是一種巨大的清醒、清明意識。高行健擁有這份意識，所以他才相應地提出「回歸脆弱人」的主張，質疑「大寫人」的習慣性理念。高行健這一思路，又是得益於中國文化中的另一巨大資源——禪宗，尤其是禪宗六祖慧能。高行健創作過《八月雪》這齣著名的戲劇，這部戲的故事是慧能的故事，這部戲的主題乃是擺脫各種權力關係而得大自在，其精神與莊子相通。但是，高行健又把握了禪與莊的根本區別，因此，他在取其相通點（大自由）之後又揚棄莊子的「至人」、「神人」、「聖人」等妄念，而接納慧能「回到平常心」的偉大思想，所以他才一再強調，作家詩人倘若要獲得大自由，一定要放下充當「救世主」等各種妄念，也要放下「改造世界」的烏托邦幻想。對於作家詩人，重要的不是當導師、當旗幟、當鼓手，而是首先正視自己的人性弱點，正視自我的地獄。相應地，也不要無限膨脹文學的社會功能，以為文學可以改變世界，在他看來，文學只要能見證人性、見證歷史、見證人的生存條件就可以了。

現實世界沒有自由，只有精神創造領域才有自由，所以作家詩人就得自己創造一個心靈可以存放之地，一個如大鵬馳騁天地後可以棲息的地方，張寅德教授指出「這種棲息狀態其實與浪跡天涯與生俱來，相輔相成的。」[12]在《逍遙如鳥》的後半部，高行健自己尋找的棲息之地是一個「避風港」。這個「避風港」，「既非天堂，也非地獄」，而是一個「隱匿之地」，一片「淨土」，一片「聖地」，一個生命的最後歸宿，一個可以逃離世事紛爭而找到心靈平靜的地方。面對生命的衰弱，曾經像大鳥一樣自由翱翔的他擁有的是一個人的自尊：「你可曾見過／一隻老鳥／衰弱不堪／惶恐不安／淒淒慘慘／哀怨／哭泣／乞求／苟延殘喘？」找到一個「避風港」，一個隱匿的去處，他只是想回歸到一個「脆弱的人」，正因為有了這種自審、自明、自度的意識，他面對死亡也是帶著一種從容的平常心：「是鳥都知道／優游了一生／時間來臨／便逕自奉上／作為祭品／是鳥都找好／隱匿之地／垂危之際／靜靜等侯／生命消逝／這聖地莫不／也是你的歸宿／又在何處？」這種平常心讓這位如鳥的詩人最終贏得了真正意義上的大自由。這種自由包括生的自由，也包括死的自由。任何外部的

11 高行健，《另一種美學》（台北：聯經，二〇〇一），頁一〇。

12 張寅德，〈高行健之逍遙：《山海經》與《逍遙如鳥》淺論〉，德國愛爾蘭根國際人文中心，高行健學術研討會：“Gao Xingjian: Freedom, Fate, and Prognostication,” October 24-27, 2011, in University of Erlangen.

力量，包括上帝的巨手都無法撥弄他，左右他。這種自由人能平靜地面對世事滄桑，也能平靜地面對生與死。

在高行健的另一首詩〈遊神與玄思〉中，他採用「你」和「我」的人稱來表現同一個主人公，而這個主人公在某種程度上跟《靈山》中的由「你」、「我」、「他」來表達的主人公幾乎是同樣的一個人，也可以說，這個人就是高行健自己的多重主體的體現。只不過這一次在〈遊神與玄思〉中，「你」是故事的主角，而「我」只是對「你」進行叩問和調侃，這個過程跟《靈山》一樣，「是『自審』的過程，也是『自救』的過程，更是自己賜予自己「大自由」的過程。」[13]在詩歌的開篇中，「你」就像《靈山》中的主人公，本來以為自己已經接近死神了，後來發現上帝又放了他一馬，讓他重新得到自由。這段經歷讓他有了新的看待世界的視角：「離人寰甚遠／方才贏得這份清明／啊，偌大的自在！／你俯視人世／芸芸眾生／紛紛擾擾／一片混沌／竄來竄去／全然不知／那隱形的大手／時不時暗中撥弄。」這一「俯視」的姿態，很像大鳥飛翔在空中，是典型的大鳥的視野——「離人寰甚遠」，跟塵世拉開了一定的距離，並因此而「贏得這份清明」，得到「偌大的自在」，而看著還沒有解脫於世俗束縛的人們還被一隻「隱形的大手」「暗中撥弄」，不得自由。

既然得到了這一大自在，他就絕不在留戀那曾經束縛過他的任何世俗理念，而是選擇自己的路：

要知道
你好不容易從泥沼爬出來
何必去清理身後那攤污泥
且讓爛泥歸泥沼
身後的呱噪去鼓譟
只要生命未到盡頭
儘管一步一步
走自己的路。

從以上簡要的分析中，我們就可以了解，為什麼在高行健的思想系統中，「逃亡」這一「範疇」對他如此重要。人不僅生活在社會所形成的各種精神地獄中，也生存在自我的地獄中。從他人構成的地獄中逃亡難，從自我的地獄中逃亡更難。他說過：「個人面對席捲一切的時代狂潮，不管是共產主義的暴力革命或法西斯主義發動的戰爭，唯一的出路恐怕只有逃亡，而且還得在災難到來之前便已清醒認識到。逃亡也即自救，而更難以逃出的又恐怕還是

13 劉再復，《高行健論》（台北：聯經，二〇〇四），頁一八九。

自我內心中的陰影，對自我倘若沒有足夠清醒的認知，沒準就先葬送在自我的地獄中，至死也不見天日。」[14]高行健實際上把莊子和禪宗宣導的與世俗世界疏離的隱逸方式闡釋成了他自己的逃亡方式。[15]他說：「古之隱士或佯狂賣傻均屬逃亡，也是求得生存的方式，皆不得已而為之。現代社會也未必文明多少，照樣殺人，且花樣更多。所謂檢討便是一種。倘不肯檢討，又不肯隨俗，只有沉默。而沉默也是自殺，一種精神上的自殺。不肯被殺與自殺者，還是只有逃亡。逃亡實在是古今自救的唯一方式。」[16]他的戲劇《逃亡》也是他的代表作之一。他所以會高舉「逃亡」的旗幟，就因為追求大自由。如上所說，他比莊子更清醒地面對個人的現實處境，看到政治、經濟（市場）、倫理、人際關係等各種現實領域沒有自由的可能，那麼，他只能從這些領域中「逃亡」，只能逃出這些領域所構築的羅網而尋找一個屬於自己的「象牙塔」，一個可以讓自己充分暢想、冥思的「避風港」，一個可以存放心靈自由的淨土，一個可以盡興與馳騁的「伊甸園」。用精神創造的「伊甸園」取代「他人的地獄」和「自我的地獄」。逃亡之後仍然有心靈存放之所和心靈大放光彩之所，這便是高行健的「自救」。在〈遊神與玄思〉中，他寫道：

你不妨再造
一個失重的自然

心中的伊甸園
可以任你優遊
由你盡興

再造一個自然，再造一個心中的伊甸園，只能在自身的內宇宙中。再造外自然是妄念，再造內自然則是一種可能。這種再造，不是改造現實世界的那種烏托邦妄念，而是內心自由創造的能動性。文學領域之所以是最自由的領域，就是它提供了這種創造的形式。作家、詩人去掉外在的各種妄念，拒絕充當「超人」似的瘋子，也拒絕各種烏托邦，卻可以在內心的伊甸園中充分逍遙、充分優遊，充分「再造」。於是，在這個心中的伊甸園，「你」是自在而豐富的，不再懼怕上帝——「上帝成了一隻青蛙／就不那麼凶狠／睜大眼睛不說話／而上帝不開口／也不那麼可怕」，也不再懼怕魔鬼——「魔鬼便坐在你對面／同你討論人性之惡

14 高行健，〈自由與文學〉，德國愛爾蘭根國際人文中心，高行健學術研討會："Gao Xingjian: Freedom, Fate, and Prognostication," October 24-27, 2011, in University of Erlangen.

15 參見劉再復，〈高行健的自由原理〉，林崗，〈通往自由的美學〉，德國愛爾蘭根國際人文中心，高行健學術研討會："Gao Xingjian: Freedom, Fate, and Prognostication," October 24-27, 2011, in University of Erlangen.

16 高行健，《沒有主義》（台北：聯經，二〇〇一），頁一九—二〇。

／和人的醜陋」，一切都在自我的掌握之中，上帝和魔鬼都無法控制「你」的神遊與玄思，而這一切神遊最終還是回到了審美精神：「不如回到性靈所在／重建內心的造化／率性畫上個圓圈／再後退一步／將生存轉化為關注／睜開另一隻慧眼／把對象作為審美。」劉再復曾說：「高行健是最具文學狀態的人」。「文學狀態一定是一種非『政治工具』狀態，非『市場商品』狀態，一定是超越各種利害關係的狀態。」[17]只有文學才能賦予作家真正的自由，所以文學一定要擺脫政治功利和市場法則——這恰恰也是莊子逍遙的精神。可以說，高行健所堅持的純粹的文學精神最接近莊子的藝術精神。[18]高行健其實點明了一條當作文學最可行的「逍遙之鳥」的大自由之路。這是一條切實可行的精神之路，也是詩人作家最可引為自豪的路。

高行健在〈遊神與玄思〉中，把自己定義成一個「遊人、優人、悠人、幽人」，指涉的正是他的「逃亡美學」之路和他的大自由的生命狀態。

「你一個遊人／無牽無掛／沒有家人／沒有故鄉／無所謂祖國／滿世界遊蕩／你沒有家族／更無門第／也無身分／孑然一身／倒更像人」

「你如風無形／無聲如影／無所不在」

「你／僅僅是一個指稱／一旦提及／霎時面對面／便在鏡子裡邊」

「啊你／一個優人／嘻嘻哈哈／調笑這世界／遊戲人生／全不當真」

「哦，你／一個悠人／悠哉遊哉／無所事事／一無執著／無可無不可」
「嘿，你／好一個幽人／在社會邊緣／人際之間／那種種計較／概不沾邊」

「遊人、優人、悠人、幽人」都圍繞著一個「遊」字——或優遊世界，或遊戲人生，或悠哉遊哉，或遊蕩在社會的邊緣，可以說是現代社會中最能夠呈現莊子的逍遙遊精神的人。徐復觀曾說，「能遊的人，實即藝術精神呈現出來的人，亦即是藝術化了的人。『遊』之一字，貫穿於《莊子》一書之中，正是因為這種原因。」[19] 所以，高行健所認同的「遊人、優

17 劉再復，《高行健論》（台北：聯經，二〇〇四），頁四〇。

18 徐復觀說：「而莊子所把握的心，正是藝術精神的主體。莊子本無意於今日之所謂藝術；但順莊子之心所流露而出者，自然是藝術精神，自然成就其藝術的人生，也由此可以成就最高的藝術。徐復觀，《中國藝術精神》（上海：華東師範大學出版社，二〇〇一），頁四二。

19 徐復觀曾經引用席勒談遊戲的觀點來論證莊子的「遊」之重要性，他寫道：「達爾文、斯賓塞，是從生物學上提出此一主張，講人與動物的遊戲作同樣的看待。而席勒（J.C.F. Schiller, 1759-1805）則與之相反，認為『只有人在完全的意味上算得是人的時候，才有遊戲；只有在遊戲的時候，才算得是人。』欲將一般的遊戲與藝術精神劃一境界線，恐怕只有在要求表現自由的自覺上，才有高度與深度之不同；但其擺脫實用與求知的束縛以得到自由，因而得到快感時，則二者可說正是發自同一的精神狀態。而席勒的觀點，更與莊子對遊的觀點，非常接近。莊子之所謂至人、真人、神人，可以說都是能遊的人。能遊的人，實即藝術精神呈現出來的人，亦即是藝術化了的人。『遊』之

人、悠人、幽人」與世俗社會拉開距離，沒有祖國，沒有家園，處於社會的邊緣，無用於社會，不被社會所拘束，遊戲人生，嬉笑世界，優遊自在，全無拘束——正是徐復觀所闡釋的莊子的藝術精神的立場，只有認同這一立場，內在的藝術精神才有可能高高地飛揚。

如果脆弱的我終將離開人世，只是人間的一個「過客」，那麼唯有在文學藝術中自由自在優遊的「你」才有可能獲得「瞬間的永恆」，所以，高行健寫道「你／一團意識／清晰而澄明／而我混沌之際／霎時間／便離我而去」，「你／說來便來／毫不含糊／說去便去／更無猶豫」，「你／說有便有／說無便無／超越生命的短暫」，「你／無生無死／不生不滅」，「你／看不見的光／聽不見的聲音／可近可遠／咫尺到無限」，「你永恆／而我／不過是個過客。」即使「你」已經七十歲了，跟常人一樣抗拒不了死亡，但是「你」所做的無為之遊——這種充滿了「遊」的藝術精神，可以上升為一種永恆的美學態度和一種靈魂之美。就像莊子的鯤鵬寓言一樣，高行健的「優遊」最後也可以作為一個永久的寓言和隱喻保持下來。在〈遊神與玄思〉的結尾，他又一次強調「遊」的美學：「你抗拒不了死亡／只是同死神一再周旋／以遊戲延緩他的來臨」，「猶如無主的影子／在這世上遊蕩／又像一個隱喻／或一則寓言。」這種不帶任何目的的無為之遊以及充滿藝術精神的遊戲姿態可以說是莊子鯤鵬寓言的現代版本。

從「回歸自然」走向「再造自然」，從逃亡到建構，這便是真正的高行健，這便是超越汪曾祺、阿城、韓少功的高行健，也正是超越尼采、超越後現代主義的高行健。他曾說過：

> 生存困境同自由意志的衝突是文學永恆的主題，個人如何超越環境，而非由環境所決定，從古希臘的戲劇到現代小說的先驅卡夫卡，這種抗爭引發的悲劇與喜劇乃至於荒誕，也只能訴諸審美，卻是作家可以做到的。人有所能有所不能，人抗拒不了命運，卻可以把經驗與感受通過審美便成為文學藝術作品，甚至流傳後世，從而既超越現實的困境，又超越時代。因而，只有在純粹精神的領域裡，人才可能擁有充分的自由。文學也只有擺脫現實的功利，才可能贏得文學的獨立自主，從政治功利和市場法則中解脫出來的文學這才回歸文學的初衷。[20]

二〇〇〇年，高行健榮獲諾貝爾文學獎。瑞典皇家學院給予的評語是他為中國小說和中

---

一字，貫穿於《莊子》一書之中，正是因為這種原因。」徐復觀，《中國藝術精神》（上海：華東師範大學出版社，二〇〇一），頁三八。

20 高行健，〈自由與文學〉，德國愛爾蘭根國際人文中心，高行健學術研討會："Gao Xingjian: Freedom, Fate, and Prognostication," October 24-27, 2011, in University of Erlangen.

國戲劇開闢了新的道路。高行健的創作的確具有巨大的原創性。而他原創，正是得益於西方作家所沒有的思想資源，這就是莊子、老子、慧能等先輩提供的中國文化資源。在這些資源中，莊子的逍遙精神是個關鍵。所以我說，高行健的成功，乃是莊子的凱旋。二十世紀中，莊子經受了改造，經受了變形，經受了審判，經受了論辯，最後他化為蝴蝶，飛到高行健身上，促成了一個擁有高度精神自由的作家的誕生。應當說，這是中國文學的光榮。而在這種光榮中，莊子也有一份功勳。莊子的現代命運雖然坎坷，但最後的結局是美麗的。

劉劍梅，劉再復之長女，美國哥倫比亞大學東亞系文學博士，曾任馬里蘭大學副教授，現為香港科技大學人文學部教授。本文是她的專著《現代莊子的命運》最後一章。

# 滿腔熱血酬知己

潘耀明

在高行健獲諾貝爾文學獎後，我曾有機會訪問他。他在訪問中提到需要感謝的一串名單中，特別提到劉再復。他把劉再復稱作「摯友」和「知音」，高行健以此形繪他與劉再復的友情，是很貼切的。

凡是認識劉再復的朋友，都會聽到劉再復對高行健的反覆推崇，當初如此，年年如此。其實，劉再復不僅僅把高行健當作好友，而且對高行健的作品一直給予高度評價。他在多年前便把高行健、王蒙等看作是「從獨白時代向複調時代的過渡」，並認為高行健的十八部劇本，引入了西方的荒誕意識，「又從中國戲曲傳統中找到自己獨特的戲劇觀念與形式，突破了大陸話劇創作數十年一貫的僵化模式」。他在一九九九年一月給《一個人的聖經》所作的〈跋〉中，更是斬釘截鐵地說：「我完全確信：二十世紀最後一年，中國一部里程碑似的作品誕生了。」以至把高行健視為「中國文學的曙光」（參見一九九九年十一月七日《南華早報》）。

一九八八年劉再復被邀請到瑞典。參加諾貝爾頒獎典禮時就下決心要做一名為中國傑出作家「搖旗吶喊的馬前卒」（參見〈百年諾貝爾文學獎與中國作家的缺席〉）。他說到做到，作為一位知名學者、評論家和作家，劉再復破除了「文人相輕」的陋習，而以「文人相惜」的情懷，對一些崛起的和有潛質的中國作家，滿腔熱情去作搖旗吶喊，真心實意地為他們鳴鑼開道。高行健的長篇小說《靈山》可以在瑞典及時翻譯出版，劉再復夫婦功不可沒。一九八八年，高行健的《靈山》手稿，是劉再復從瑞典背回北京，又由劉夫人菲亞拿到城裡打字、校對，然後交由瑞典大使館捎回給馬悅然教授翻譯的。

我之認識高行健和高行健得以在香港開畫展，也全是因了劉再復的介紹。劉再復和高行健克盡道義的友情，使我想起袁枚的一句詩：「一雙冷眼看世人，滿腔熱血酬知己。」同時，我還想說的是，在友情的背後是對中國文學至深的摯愛，這種情感與他們的關係一樣美好。

我想，由劉再復這位知己來解讀高行健的作品，可謂不作第二人想。劉再復評析高行健是一個最具文學狀態的作家時。有這樣一段話：

「高行健是個最具文學狀態的人。什麼是文學狀態，這一點中國作家往往不明確，而在瑞典、法國等具有高度精神水準的國家中，則是非常明確的。在他們看來，文學狀態一定是一種非『政治工具』狀態、非『集團戰車』狀態、非『市場商品』狀態。一定是超越各種利害關係的狀態。文學不可以隸屬黨派，不可以隸屬主義，也不可以隸屬商業機構。它完全是一種個人進入精神深層的創造狀態。這一點高行健極其明確。他的所謂『自救』，就是把自己從各種利害關係的網路中抽離出來。而所謂逃亡，也正是要逃離變成工具、商品、戰車的命運，使自己處於真正的文學狀態之中。」

這段鞭辟入裡的話，不僅是對高行健而言。對所有的中國作家或從事創作的人都具有深刻的啟發意義。

劉再復要我為他的新書寫序。才識所囿，我只能拉雜說這麼一些話，——即使是這些話也不在狀態之中，讀了這本書，讀者自然會進入劉再復構築的另一番耽美的狀態中。

二〇〇〇年十一月十七日

（《論高行健狀態》序，香港明報出版社，二〇〇〇）

潘耀明，香港《明報月刊》總編輯。

# 自立於紅學之林

## ——《紅樓夢悟》英文版的序

高行健

中國古典文學四大長篇經典小說《紅樓夢》、《西遊記》、《水滸傳》和《金瓶梅》歷來通稱為四大名著，而《紅樓夢》最為深宏博大，無論是研究中國文學還是中國文化都不可不讀。

這部成書於十八世紀中葉的巨著在中國文學的地位恰如莎士比亞之於英國文學、但丁之於義大利文學，或塞萬提斯之於西班牙文學，然而，該書作者曹雪芹生前卻不得不隱遁，死後手稿轉抄方得以流傳。直到二十世紀初，對作者的身世和版本的研究日益興盛，形成了一門「紅學」，而且一個多世紀以來經久不衰，進而成了一門顯學，持續至今。

小說在中國封建傳統文化中一直受到排斥，不登大雅之堂，二十世紀初，梁啟超宣導的小說界革命，把小說提升到文學的中心位置，可惜梁啟超看重的只是小說推動社會改革的政治意義，卻忽略了小說對社會和人的生存這更為深刻的認知，文學介入政治，意識形態主導文學，五四啟蒙運動之後，成了中國現代小說的主流思潮。紅學的研究也不例外，以俞平伯為代表的考據和索隱派的研究日後則受到嚴厲的批判，代之以政治和意識形態的解說，《紅樓夢》這部巨著審美和哲學的深刻的內涵同樣被掩蓋了。唯獨王國維的《紅樓夢評論》則可謂世紀一絕，首先揭示了這巨大的悲劇中大於家國、政治和歷史的宇宙境界。而劉再復這部新作《紅樓夢悟》，可以說是王國維之後紅學研究的最出色的成就，充分闡述了這部文學經典在小說文本中涵蓋的哲學意蘊。

劉再復的論述著眼的不是曹雪芹的家世，而是叩問《紅樓夢》深層的精神內涵。他指出：書中的男女主人公在世俗功利之外，而正是這種「局外人」才把握到生命的本真；《紅樓夢》不僅是中國封建社會生活的百科全書，而且是中國人文思想的集大成者，達到了東方哲學的至高境界。從中國的原始神話女媧補天淘汰下的頑石，到幻化入世後徬徨無地並目睹周遭眾生不知歸屬、「反認他鄉是故鄉」的荒誕處境，這一切正是人類生存困境的真實寫照。劉再復從王國維出發，又超越了王國維的悲劇論和倫理學，進而說明《紅樓夢》不僅是一部大悲劇，也是一部荒誕劇，作者對生命意義的大叩問，導致「無立足境，是方乾淨」的大覺大悟，何等透徹。劉再復的這番悟證發人深省，令人信服，這才是曹雪芹的精神所在。《紅樓夢悟》一書，別開生面，不同於通常的考據和論證的方式，以禪宗的「明心見性」之法，擊點要津，深刻闡釋了曹雪芹的這部生命之書也是異端之書，在敘述藝術掩蓋下的大思想家的真實風貌，從而在紅學叢林中自立一家「檻外人」門戶、故特此介紹給英語讀者，以助進入《紅樓夢》這超越時代也超越國度的精神世界。

二〇〇七年十一月十一日於巴黎

高行健，二〇〇〇年諾貝爾文學獎得主，著作有《靈山》（聯經，一九九〇）、《一個人的聖經》（聯經，一九九九）。

文化叢刊

# 再論高行健


2016年12月初版　　定價：新臺幣320元




| | |
|---|---|
| 著　者 | 劉再復 |
| 總編輯 | 胡金倫 |
| 總經理 | 羅國俊 |
| 發行人 | 林載爵 |
| 叢書主編 | 沙淑芬 |
| 校　對 | 吳美滿 |
| 封面設計 | 蔡婕岑 |

| | |
|---|---|
| 出版者 | 聯經出版事業股份有限公司 |
| 地　址 | 台北市基隆路一段180號4樓 |
| 編輯部地址 | 台北市基隆路一段180號4樓 |
| 叢書主編電話 | (02)87876242轉212 |
| 台北聯經書房 | 台北市新生南路三段94號 |
| 電　話 | (02)23620308 |
| 台中分公司 | 台中市北區崇德路一段198號 |
| 暨門市電話 | (04)22312023 |
| 台中電子信箱 | e-mail：linking2@ms42.hinet.net |
| 郵政劃撥帳戶第0100559-3號 | |
| 郵撥電話 | (02)23620308 |
| 印刷者 | 世和印製企業有限公司 |
| 總經銷 | 聯合發行股份有限公司 |
| 發行所 | 新北市新店區寶橋路235巷6弄6號2樓 |
| 電　話 | (02)29178022 |

行政院新聞局出版事業登記證局版臺業字第0130號

本書如有缺頁，破損，倒裝請寄回台北聯經書房更換。　　ISBN 978-957-08-4830-4 (平裝)
聯經網址：www.linkingbooks.com.tw
電子信箱：linking@udngroup.com

國家圖書館出版品預行編目資料

再論高行健/劉再復著．初版．臺北市．聯經．2016年12月（民105年）．304面．14.8×21公分（文化叢刊）
ISBN 978-957-08-4830-4（平裝）

1.高行健　2.學術思想　3.文化評論

848.7　　105020552